光文社文庫

長編推理小説

祭りの果て、郡《ぐ》上《じょう》八《はち》幡《まん》

西村京太郎

光 文 社

目次

第一章　水底の死体

1

ひな祭りの頃から、御母衣《みぼろ》ダムの水位が、徐々に低くなっていった。

雪解けの水が、まだ流れ込まないこともあったが、もう一つ、ダムの湖底に溜った土砂の浚渫《しゅんせつ》を行うために、意識的に、ダムの水を放出したからでもある。

今、御母衣ダムだけでなく、日本全国のダムが、同じ状況に追い込まれているという。

ダムを造るために、周辺の山を削り、木を伐採する。その結果、雨水は、どっとダムに流れ込み、発電や、利水というダムの目的は達成されるのだが、同時に、大量の土砂がダムに流れ込むことになった。

その土砂は、次第に、ダムの底に、部厚く堆積していく。流れている川なら、土砂は、流れの勢いで下流に向って移動していくが、巨大な壁を造ったダムでは、流れてはいかないのだ。

それを防ぐためには、水門を開け、大量の水を一時に放出して、その水圧で、土砂を流してしまう以外にはないのだが、小さな水門を開けても、全ての土砂を流すことは、不可能である。

第一、そんなことをしていては、発電とか、利水というダム本来の目的は、達成できなくなってしまう。

これは、ダムの持つ宿命といってもいいだろう。

土砂は、いやでも、溜っていく。当然、ダムの持つ機能は、急速に低下していく。一時的に、大量の放水をしても駄目だとなると、解決の方法は、誰が考えても、一つしかない。

それが、浚渫だ。全国で、浚渫作業が、行われている。

しかも、一度浚渫すれば、それで、ダムが生き返るわけではなかった。

豪雨があれば、また、容赦なく、大量の土砂が流れ込むからである。まるで、シジフォスの神話のように、土砂の流入と、浚渫が、繰り返されていくのだ。それは、ザルで、土砂を浚《さら》い取っているのに似ている。

そのために、毎年、多額の経費が投入されていく。

御母衣ダムは、日本最大のロックフィルダムである。

ロックフィルダムは、コンクリートの代りに、粘土を使う。まず、周囲の山を削り、その粘土質の土を使って、川を堰き止める。巨大な土の壁を造るのだ。その両側から、岩石を押し込んでいき、その圧力で、土の壁が、崩れないようにする。

そのため、ダム周辺の山は、無惨に削られ、木は、切り取られている。だから、他の型式のダムに比べて、流入する土砂も多くなってくる。

御母衣ダムは、三月中旬を過ぎると、水量は、更に、低下した。

水は、茶色く濁り、その中に、大量の土砂が含まれていることを示していたし、更に、その下に、堆積していることを物語っていた。

その土砂を取り除くために、ダムの何ケ所かで、長いカマ首を持った浚渫機械が、唸り声をあげていた。

そこは、地元の業者が、削石工場も建てていて、この工場の中では、浚渫された土砂の中《うち》、岩石だけを細かく砕き、砂利にして新たな建築材料として、売却しているのだ。

地元の業者は、浚渫作業で儲け、更に、削砕した石を売却して儲ける。しかも、土砂は、繰り返し、ダムに流入するから、この仕事は、永久に続くので、大喜びだという。

ただ、浚渫されたヘドロの方は、売れる筈がないから、ダンプで、捨てなければならない。

今、御母衣ダムに行くと、ダムをめぐる道路を、ヘドロを積んだダンプと、建築用の砂利を積んだダンプが、忙しく、走り廻っている。

面白いのは、砂利を積んでいるダンプが、ほとんど、岐阜ナンバーなのに、ヘドロの方は、他県ナンバーが圧倒的なことだ。

地元の業者にしてみたら、永久に続く儲かる仕事があるのに、車が汚れて傷む、ヘドロ運びなどやりたくない。そこで、ダムを管理する国は、仕方なく、北海道や九州の業者にも声をかけて、ダンプを廻して貰うことになってしまうのである。

2

三月二十一日。

水量の更に少くなったダムの湖底から、沈んでいた村が、少しずつ、姿を現わしてきていた。

こわれた家、崩れた橋、大木の根などが、水面に、頭を出してくる。

御母衣ダム管理事務所の職員、土井貢は、その中に、一台の車を発見した。

引っくり返しになったシルバーのベンツである。

この日のように、ダムの底が見えてくると、時々、行方不明になった車が、発見されることがあった。

どうやら、このベンツも、その口らしい。

土井は、そんなことを考えながら、ゴムボートを、ベンツに近づけていった。

湖底に残った水量は、もう、五、六十センチになっていたが、それでも、遠くからでは、その車に、人が乗っているかどうか、わからなかった。

土井は、ゴムボートを、車に接触させ、顔を水面につけるようにして、車内を、のぞき込んだ。

水は、土色に濁っていたが、それでも、しばらく眼をこらしていると、運転席に、人影らしいものが見えた。

土井は、あわてて、携帯電話で、管理事務所に、連絡した。

「東京ナンバーのベンツが、ダムの湖底に沈んでいて、運転席に人影があります。色は、シルバーで、ナンバーは、品川×××──」

この報告を受けた事務所では、更に、岐阜県警に、連絡した。

ダムが、満水の頃、運転を誤って転落したのが、今になって、発見されたのだろうと考えたが、ひょっとして、殺人の可能性もあると、思ったからである。

この報告を受けた岐阜県警は、ベンツのナンバーを知って、色めき立った。

このナンバーに、記憶があったからである。

去年の郡上八幡《ぐじょうはちまん》の祭りの時だった。

郡上八幡は、人口二万に満たない、山間の小さな城下町だが、七月から九月にかけての祭りの時期には、数十万の観光客が押しかけてきて、踊り一色に、塗り潰される。

郡上の八幡出てゆくときは
雨も降らぬに袖しぼる

の唄で有名な郡上踊りである。

去年の郡上踊りは、八月の十三日から十六日までの四日間が、一晩中踊り続ける徹夜踊りだった。

この四日間、田中屋旅館に、佐野恵一《さのけいいち》と、本橋《もとはし》やよいの二人が、泊っている。

佐野は、当時三十一歳で、フリーのカメラマンとして、活躍していた。

本橋やよいの方は二十六歳。モデルだが、最近は、映画にも出演している売れっ子だった。

二人が、恋愛関係にあるという噂が週刊誌にのったが、これは、はっきりしていない。ただ、この時は、仕事だった。

モデルで、新進女優でもある本橋やよいを、郡上踊りの熱気の中で撮る、というのが、目的だったのである。

「祭りの中の女」というタイトルも、決っていた。

祇園祭、阿波踊り、そして、郡上踊りの三つの祭りと、三人の女性、そして、カメラマンも別々で、写真集を作ることになっていた。

佐野と、やよいは、四日間、踊りに加わり、写真を撮り、十七日に旅館を出発した。

出発したのは、午前十時頃である。

二人が乗っていたのは、シルバーのベンツE280だった。品川ナンバーである。

ところが、その後、二人も、車も、消息を絶ってしまい、捜索願が出された。

女性週刊誌が、事件として、書き立てたのは、本橋やよいが、人気のあるモデルであり、女優だったからだが、岐阜県警が、この失踪事件に色めき立ったのは、男の佐野恵一のためだった。

県警の刑事たちのほとんどは、カメラマンとしての彼の名前は、知らなかった。

だが、刑事たちは、別の意味で、佐野恵一の名前を知っていた。

警視総監佐野真太郎《しんたろう》の息子としての、佐野恵一の名前である。

本庁の親玉の長男の失踪ということで、岐阜県警は、全力をあげて、捜索に当ったが、とうとう、二人も、車も、見つからなかったのである。

その車が、御母衣ダムの底で、見つかったというのだ。

問題のベンツは、引き揚げられ、高山警察署に運ばれて、調査されることになった。

新車だったベンツの車体は、ところどころに傷があったが、それは、道路から、ダムに転落した際のものだろう。

運転席では、若い男と、女が、死体で見つかった。

岐阜県警の早川《はやかわ》という警部が、この捜査を担当することになった。

五十歳。叩きあげの警部である。

男女の死体は、司法解剖に廻された。

その結果、死亡したのは、二人とも、七ケ月前頃となった。多分、二人は、郡上八幡を出発した去年の八月十七日直後に、死んだのだろう。

問題は、死因の方だった。二人には、これといった外傷はなく、毒物死とも思えなかった。とすると、溺死の可能性が強い。それが解剖に当った医者の見解だった。

早川警部が、その報告書を読んでいる時、警視庁の十津川《とつがわ》警部が来た、と知らされた。

十津川という警部に会うのは、これが初めてだった。

「大分、騒がしいですね」

と、十津川は、早川に会うなり、いった。

「週刊誌や、テレビが、押しかけているんです。何しろ、人気の女優の遺体が、半年ぶりに見つかったんですから」

早川は、苦笑して見せた。

「ところで、今回の件で、何か、内密に話したいことがあると、こちらの県警本部から連絡があったそうですが、いったい、どんなことですか？」

と、十津川が、きいた。

「それは、出来れば、警視総監に、直接、お話ししたかったんですがね」

「総監は、今は、動けないのです。息子さん一人のことならいいのですが、何しろ、若い女性が、道連れになっていますからね。女性の家族のこともあります」

「わかります。それでは、あなたに、お話ししておきますが、佐野恵一さんの上衣の内ポケットから、覚醒剤二グラムが、見つかったんです」

早川は、そういい、机の引出しから、袋に入った覚醒剤を取り出して、十津川に見せた。

「運転席から、ケースに入った注射器も、見つかっています。もちろん、だからといって、佐野恵一さんなり、連れの女性なりが、覚醒剤を常用していたと、断定は出来ないのですが」

「二人に、注射の痕は、あったんですか？」

「それは、見つかっていません」

「覚醒剤の件は、誰かに話しました？」

「いや。誰にも、話していません。それについては、警視総監ご自身が、判断して頂きたいと思いましてね」

「ありがとうございます。感謝します」

と、十津川は、頭を下げた。

早川も、それきり、覚醒剤のことは口にせず、司法解剖の結果を、十津川に話した。

「では、溺死と、断定されたわけですか？」

と、十津川が、きいた。

「ところが、私は、逆のことを考えたんですよ」

「逆といいますと？」

「二人の車は、八月中、それも中旬に、御母衣ダムに転落したと思われています。当時ダムは、常に満水でした。それに、死体に外傷もないので、ダムに車が落ちた時は、二人は、生きていたと思うのです。もう一つ、車のドアは、なぜか閉じたままでした。窓ガラスも、閉っていました。発見時車内には、水が一杯入っていましたが、それは、七ケ月の間に、小さな隙間から、徐々に、水が浸入していったのだと思います。これが、どういう意味かわかりますか？」

「わかりますよ。ダムに車が落ちた時、二人は生きていた。それなら、なぜ、彼等が、ドアなり、窓を開けて、脱出しなかったのか、それが、不思議だということでしょう？」

「そうです。窓ガラスや、フロントガラスを、引っかいた形跡もありません。自殺するつもりで、ダムに、車を突っ込んだ場合でも、本能的に、脱出を試みるものです。それに、去年の八月に、二人が失踪した時も、私が、捜索の指揮をとったのですが、郡上八幡では、二人とも、楽しく仕事をやっていたとわかったのです。それが、突然、御母衣ダムへ行って、心中を図るとは、思えません」

と、早川は、いった。

十津川は、壁にかかった岐阜県の地図に眼をやった。

「御母衣ダムが、ここで、郡上八幡が、ここですか？　どうして郡上八幡から、御母衣ダムへ行ったのか?」

「御母衣ダムへ行ったのではないと思いますね」

と、早川は、いった。

「どうしてです? フィルムに、他のものが、写っていたんですか?」

「車内から、ライカとキヤノンの、二台のカメラと、フィルム三十本が見つかりましたが、フィルムは、七ケ月も、水に浸っていたために、どれも現像不能になってしまっていました。一枚も、無事なものは、無かったんです。残念ですが」

「それなら、どうして、二人が、御母衣ダムに行ったのではないと、思われるんですか?」

と、十津川は、きいた。

「ダムに沈んではいましたが、御母衣ダムへ行くのが、目的だったとは、思えないというだけです。あのダムは、昭和三十六年に完成した古いもので、さほど、面白いものじゃありません。ダムのことに興味があれば別ですが、佐野さんが、ダムの写真を撮ったという話は聞いていません。女優の本橋やよいの方は、尚更だったと思いますね」

「なるほど。では、何処へ行くつもりだったと、思われたんですか?」

と、十津川は、きいた。

「御母衣ダムの先に、白川郷《しらかわごう》があるのです」

「ああ、合掌造りで有名な？」

「郡上八幡から、車で白川郷へ行くのには、どうしても、御母衣ダムを通るのです。白川郷へ行く途中だったのか、帰りだったのかは、わかりませんので、今、刑事たちが、白川郷へ行って、調べています」

「白川郷――ですか」

「行かれたことは？」

「ありません。郡上八幡も、御母衣ダムも、です」

「もし、ご覧になりたければ、ご案内しますよ」

「ぜひ、お願いしたいですね」

十津川が、いった時、急に、表が、騒がしくなった。

若い刑事が、飛び込んで来て、早川に、

「妙なことになりました！」

「何があったんだ？」

「佐野恵一と一緒に見つかった女のことですが」

「本橋やよいというモデルなんだろう。私は知らないが、若い人の間では、有名らしいじやないか」

「それが、違うんです」

「違うって、どういうことなんだ？」

「今、青山《あおやま》というマネージャーが来ているんですが、病院へ行って、死体を見たら、別人だったと、いってるんです」

と、刑事が、いう。

その青山マネージャーが、ドアを蹴破るようにして、部屋に入って来た。

「あなたが、責任者？」

と、青山は、大声で、早川にきいた。

「責任者ということになっています」

「なぜ、人違いなのに、本橋やよいが、見つかったなんて、マスコミに発表したんです？」

「そう思ったからです」

「ぜんぜん、別人ですよ」

「しかし、水の中に、七ケ月も浸っていたんです。水ぶくれした顔は、別人に見える場合が、多いんですがね」

「そのくらいのことは、知っています。しかし、別人です。本橋やよいじゃありません」

「二十代の若さだし、美人だし、背恰好も、同じですがねえ」

「だからといって、簡単に、本橋やよいだと、決めつけたんですか？」

青山マネージャーは、怒ったように、早川を睨んだ。

「それに、同じベンツで、郡上八幡で一緒にいたカメラマンの死体は、車内に見つかっていますからね」

早川は、いいわけがましく、いった。

「そんなことは、どうでもいいんです。とにかく、別人だと、記者会見をして、発表して下さい。いい迷惑なんですよ」

と、青山が、いった。

十津川が、二人の会話に、割り込んで、

「本モノの本橋やよいは、まだ、見つかっていないということですね」

「誰なんです？」

「本庁の刑事です。こちらの県警に、捜査協力をしています」

とだけ、十津川は、いった。

「一刻も早く、本橋やよいを見つけて下さい。お願いしますよ」

「全力をつくしますが、この事件は、あくまで、岐阜県警の仕事ですから」

「じゃあ、こちらの方にも、お願いしておこう」

と、青山は、早川に向って、丁寧に頭を下げた。

それだけでは、青山は、がまんが出来ないらしく、

「とにかく、死んでいないのに、死んだことにされては、人気にひびきますからね」

と、大声で、いい、部屋を出て行った。

その後姿を見送ってから、早川は、ぶぜんとした顔で、

「じゃあ、死んだ女は、誰なんだ？」

3

十津川は、携帯を使い、上司の本多《ほんだ》捜査一課長に、覚醒剤のことを、伝えた。

「まだ、佐野恵一さんが、使っていたという証拠は、全くありません」

「一緒にいた本橋やよいというモデルが、使っていたんじゃないのか？」

と、本多が、きく。

「それなんですが、彼女のマネージャーがやって来まして、死体は、本橋やよいじゃない

と、いってるんです」

「どういうことなんだ?」

「わかりませんが、マネージャーが、嘘をついているとは思えません」

「じゃあ、男の方も、別人じゃないのか?」

「それはないと思います。ここの刑事たちが、運転免許証で、確認していますから」

「とにかく、至急、覚醒剤のことを、調べてくれ。本人が、持っていたか、それとも、他人のものかについてだ」

「総監には、関係ないと思いますが?」

「そうも、いかないんだよ。たとえ、息子のことでも、総監は、マスコミの容赦ない追及を受けるからね。息子の教育も出来ない人間に、警視総監がつとまるかといってね。下手をすると、総監は、辞職に追い込まれかねないんだ」

と、本多は、いった。

「わかりました。至急調べて、結果を報告します」

と、十津川は、いった。

本多一課長もだが、三上刑事部長は、もっと、心配しているだろう。

もちろん、佐野総監もである。何しろ、長男の問題なのだ。

今、警察全体が、激しい批判にさらされている。

従って、警視総監の長男が、覚醒剤を使用していたとなれば、絶対に、スキャンダルになるのだ。

以前、女優の一人息子が、覚醒剤の使用で逮捕されたとき、彼女は、世間の批判を浴び、全てのＣＭを辞退し、しばらくの間、仕事もやめたことがある。

警視総監ともなれば、もっと、激しい批判にさらされるだろう。

三月二十三日には、亀井《かめい》刑事が、応援にやって来た。

二人は、県警のパトカーで、御母衣ダムに、案内して貰うことになった。

早川警部は、捜査の指揮を取らなければならないといい、地元出身の二十代の室井《むろい》という若い刑事をつけてくれた。

高山の市内にも、ところどころに残雪が見られたが、車が、市外に出ると、周囲の景色は、一変した。

畠を蔽った雪は、一つの足跡もなく、一面の銀世界を、作っている。点在する家々も、屋根の北側は、雪が、積ったままである。そこには、つららが、光っていた。

「今頃は、いつも、このくらいの雪が、残っています」

と、室井は、車を運転しながら、十津川たちに、説明した。

「カメさんは、故郷を思い出すんじゃないの？」

と、十津川は、亀井を見た。

「そうですねえ。嬉しいですよ。東京に住むようになってからは、ほとんど、雪を見ていませんでしたから」

と、亀井が、いう。

右手に、突然、巨大なコンクリートの柱が、並んでいるのが見えた。

建設中の東海北陸道の橋脚だという。

その近くには、プレハブの作業員詰所が建っていたが、今は、小規模の作業しかしていなかった。雪が解ければ、作業は、大規模になってくるのだろう。

山間に入ると、外気温が、急速に下ってくるのが、わかった。窓ガラスが、曇るからだ。

十津川は、指先で、その曇りを拭いた。

道路のところどころが工事中で、その度に、片側通行で、待たされた。

途中で、十津川は車をとめて貰い、きれいな雪を、手に取って、口に入れてみた。ベタ雪ではなく、サラサラした雪だった。

亀井が、笑って、

「警部には、雪が珍しいんですね」

「珍しいよ。羨ましいよ」

と、十津川は、いった。

一時間近く走ると、いよいよ、御母衣ダムが、見えてきた。

小高い山が連なっていて、眼下を、庄川が、流れている。

この川の上流を堰き止めて、造られたダムである。

道路は、山の中腹を、めぐっている。ところどころに、雪崩《なだ》れよけのためのトンネルが、出来ていた。

「こうしたトンネルがない時は、今頃は、車は走れませんでした」

と、室井が、いった。

時々、大型ダンプと、すれ違う。

ダムの水面は、驚くほど、低くなってしまっている。

あちらこちらで、大型の浚渫機械が、動いていた。

「これが、永久仕事ですよ」

と、室井は、笑った。

御母衣ダムがある限り、土砂の浚渫という仕事は、永久に無くならないのだという。

「税金の無駄使いという人もいるでしょうが、地元の人間にとっては、いつまでも、仕事が続くんですから、みんな、有難がっていますよ」

「永久就職みたいなものだね」

「こんな山奥じゃあ、仕事が少いから、感謝していますよ」

室井は、本気か、皮肉かわからないようなことをいった。

室井が、車をとめた。

「向うに、水面から、こわれた家の屋根が出ているでしょう」

「沈んだ村の家の屋根だね」

「そうです。あの屋根の近くで、問題のベンツが見つかったんです」

と、室井が、いう。

十津川たちは、車からおりた。

近くで、浚渫機械の稼動しているガラガラという音が聞こえる。

十津川は、周囲を見廻した。

対岸に、無惨に削り取られて、半分になってしまった山が、見える。

「確か、この御母衣ダムは、ロックフィル式で、粘土と岩石で出来ているんだったね」

と、十津川は、室井に、きいた。

「そうです。このあたりの山は、粘土質なので、ロックフィルダムを造るのに、最適だったんです」

「八月の中旬に、このダム周辺に、何か、見どころというのが、あるのかね？」

「ダムそのものしかないと思いますが。その頃なら満々と、水をたたえていますから」

「じゃあ、やはり、この先の白川郷へ行くつもりだったのかな」

「行ってみましょう」

と、亀井が、いった。

4

突然、前方に、「世界遺産」と記された大きな看板が現われた。

それが、白川郷の入口だった。

特徴のある合掌造りの家が、狭い盆地の中に点在している。

ただ、道路が整備され、舗装されている箇所が多いのは、ここでも、車が、必要だからだろう。それに、雪が解けると、大挙して、観光客が、バスで押しかけてくるからか。

この日も、雪が舞っていたが、それでも、二十人近い観光客が、盛んに、カメラのシャッターを切っていた。

亀井が、腕時計に眼をやってから、室井に、

「昼食に、何か、白川郷らしいものを食べたいね」

「それなら、ヒエ飯が、食べられますよ」

と、室井は、いった。

白川郷の家は、ほとんど、民宿の看板を出していて、室井が、二人を、その一軒に案内した。家の中は、うす暗い。

奥の六畳間に通されたが、小さな石油ヒーターがついているだけで、やたらに寒かった。

天井から、古びたランプが、吊り下げられていたが、今は、その横に、電灯がついていた。

「寒いですね」

と、東北生れの亀井も、苦笑している。

熱いお茶を飲んで、やっと、少しばかり、温まった。

お膳に、ヒエ飯と、ダイコンのみそ汁、山菜、川魚、凍り豆腐といったおかずがのせられて、出てきた。

ご飯は、ふちの欠けた木の椀に、盛られていた。

この家の六十歳くらいの女性が、接待してくれたのだが、

「うまいヒエ飯ですね」

と、十津川がいうと、笑って、

「それは、九割がコシヒカリで、ヒエは、一割しか入っておりません」

「そうなの」

「今は、ヒエの方が、高いんですよ」

と、彼女は、また、笑った。

亀井が、お椀のことをいうと、

「それは、もう、百年くらい使っています。ふちが欠けていて、申しわけないんですけど、お客さまは、その方がお喜びになるものですから」

と、彼女は、いった。

(なるほど、そんなものか)

と、十津川は、思った。

食事が終ると、彼女は、部厚いサイン帳を持って来た。

ここへ食事に寄ったり、泊ったりした客に、名前を書いて貰っているのだという。

十津川は、そこに、死んだ佐野恵一の名前がないかと、探した。

去年の、八月中旬の頃のページを調べてみた。

八月十七日のところに「佐野恵一」の名前を発見した。

東京の住所も、書いてある。

その隣りには、「本橋やよい」の名前もあった。

ただ、筆跡は、両方とも同じだった。ということは、両方とも、佐野が記入したのか。

「この人のことを、覚えていませんか？」

と、十津川は、彼女にきいてみた。

「さあ、どんな方でしたかしら？」

彼女が、困惑の表情になる。

「カメラマンだから、この家の写真を、何枚も、撮っていったと思うんですがね」

と、亀井がいうと、相手は、急に、微笑して、

「そういう人がいました。カメラを二台も持っていらっしゃって、カメラマンだって、いわれてました。うちの家族の写真も、撮られて。あとで、その写真を送ってあげるといわれたんですけど、とうとう、送られて来ませんでした」

「若い女性が、一緒だったと思うんですが、覚えていませんか？」

と、十津川は、きいた。

「ええ。きれいな女の人でしたよ」

と、彼女が肯《うなず》く。

「この人じゃありませんか？」

十津川は、高山で入手した、本橋やよいの写真を見せた。

この家の家族にも、見せた。が、似ているという者もいれば、違うという人もいた。

「とにかく、きれいな人でしたよ」

という点では、一致していた。

十津川は、警察手帳を示し、サイン帳の、佐野恵一と、本橋やよいの名前のあるページだけ、借りたいといった。

「いいですよ」

と、相手はいい、自分でそのページを切り取ってくれた。

外に出ると、陽が当っていた。この辺りの、盆地の天気は、変りやすいのだろう。

村の中の、明善寺という寺も、合掌造りだった。それが、珍しいのか、寺の前には、素人カメラマンが集っていた。

「確かに、被写体としては、楽しいですね」

と、亀井が、いった。

「だから、佐野さんも、ここへ、写真を撮りに来たんだろうね」

十津川は、いった。

丁度、修理中の家が一軒あって、合掌造りの屋根の構造が、はっきりわかり、ここにも、カメラマンが、集っていた。

三人が、それを眺めている中《うち》に、また、陽がかげり、粉雪が、舞ってきた。

十津川は、寒さにふるえあがって、二人を促して、車に戻った。

「寒いね」

と、十津川は、改めていった。

「この辺では、これが、普通です。いや、今年は例年より、暖かいんじゃありませんか」

と、室井が、いった。

「これで、暖かいのかね」

「もう帰りますか？」

「ああ。帰ろう」

と、十津川は、いった。寒さは、どうも苦手である。

途中まで戻ったとき、十津川の携帯が、鳴った。

県警の早川警部からだった。

「佐野恵一さんと車内で死んでいた女性の身元が、わかりましたよ」

と、早川は、声を弾ませた。

「誰なんですか？」

「小倉由美《おぐらゆみ》。二十五歳です」

「どういう女性なんですか？」

と、十津川は、きいた。

「郡上八幡の女性です。実は、去年の八月に、彼女の捜索願も出ていたんです。私も、これから、郡上八幡に行くので、十津川さんも、直接、郡上八幡へ行ってくれませんか。郡上八幡博覧館というのがあります。そこで、お待ちしています」

と、早川は、いった。

電話を切って、室井にきくと、それなら、場所を知っていると、いった。

パトカーは、そのまま、郡上八幡に向った。

十津川は、行ったことはなかったが、郡上踊りは、テレビで見たことがあった。

パトカーは、山を越える。

だが、白川郷や、御母衣ダムに比べて雪が少いのは、郡上八幡が、南にあるからだろうか。

山頂まで登り、急なS字カーブの道を、下って行く。

林の隙間から、ちらちらと、町が見えてきた。

「郡上八幡です」

と、室井刑事が、いった。

車が、町に入った。

長良川の支流、吉田川の両岸に出来た町である。

典型的な城下町で、殿町、肴町、鍛冶屋町といった古い名前が、ついている。

道が狭いのも、城下町だからだろう。車がすれ違うのも大変だが、それなのに、なぜか、信号が見当らなかった。

十津川が、それをいうと、室井は、

「小さな町で、みんな知り合いですから、自然にゆずり合って、信号がなくても、事故は、起きないんです」

と、いう。

郡上八幡は水が自慢なだけに、町のところどころに水呑み場があって、コップが並んでいた。

この町のシンボルの郡上八幡城が見える場所に、早川のいう博覧館が、あった。

駐車場に、県警のパトカーが、駐っている。

十津川たちが、中に入って行くと、一階のロビーのところに、早川が、待っていた。

「問題の女性は、この博覧館に関係があるんですか?」

十津川がきくと、早川は、二階へ案内した。

そこには、郡上踊りのパネルが、何枚もかかっていた。

郡上踊りには、「かわさき」「三百」「春駒」といった、それぞれに名前のついた踊りがあり、パネルが、その説明にもなっているのだ。

早川は、十津川を、一枚のパネルの前に連れて行った。

揃いのゆかた姿で踊る女性たちが写っていて、早川は、その中で、一番若い美女を指さした。

「彼女が、小倉由美です」

「美人ですね」

「二十歳の時、ミス・郡上八幡になっています」

「失踪当時は、何をやっていたんですか?」

「鍛冶屋町で、妹と二人で、『ぐじょう』という喫茶店をやっていました。今も、妹さんが、ひとりで、やっています。これから、ご案内します」

と、早川は、いった。

彼の案内で、その店に向った。

さすがに、店は閉っていたが、店の中で、妹の小倉さやかに、会うことが出来た。

姉の由美に似た美人だった。きっと、美人姉妹の店として、郡上八幡では、有名だったに違いない。

造りは、アンティークで、竹久夢二《たけひさゆめじ》の版画が、何枚か、かかっていた。

「姉が、好きでした」

と、さやかは、いう。

「姉さんのことを、話して欲しいんだ」

と、早川が、いった。

「去年の八月十六日でした」

と、さやかは、いった。

「郡上祭りの時だね？」

「ええ。徹夜踊りの期間、二人で、毎日、踊りました。そして、十六日の午後七時頃に、ちょっと出かけてくるといって、出て行って、それきり、戻って来なかったんです」

「その時の服装なんだが——」

と、早川は、ベンツの中で死体で発見された時の服装を、話した。

「ええ。間違いありません。姉が、出かける時に着ていたものですわ」

と、さやかが、いった。

「何か、手に持っていた？」

「白のハンドバッグを、持っていましたけど」

「それは、見つからなかったな」

「姉は、殺されたんでしょうか？」

さやかが、怒りとも、悲しみともつかぬ表情をしている。

「われわれは、殺されたと見ている。それで、ぜひとも、犯人を見つけ出したい。お姉さんは、八月十六日に出かける時、誰かに会いに行くとは、いってなかったかね？」

と、早川が、きいた。

「いいえ、何も」

「しかし、雰囲気で、デイトかどうか、わかったんじゃないのかな？」

「楽しそうでしたから、デイトかなとは、思いましたけど」

「その頃、お姉さんに、特定の彼はいなかったのかな？」

「姉は、いろんなことをやりたいと、いっていましたから、沢山のお友だちがいて、よく、ここへ集って来ていました」

「例えば?」

「芝居の好きな連中とか、カメラ好きの仲間とか——」

「お姉さんは、カメラも、やっていたのか?」

「ええ。アマチュアカメラマンのグループがあって、この郡上八幡の町を撮っていました」

「じゃあ、この人が、店に来たことは、なかったかね?」

早川は、佐野恵一の写真を、さやかに見せた。

彼女は、じっと、見つめていたが、

「この人って、確か、行方不明になったカメラマンじゃありませんか? 新聞で見たことがありますわ」

「君のお姉さんと同じ頃に、行方不明になっているんだよ。モデルを連れて、郡上踊りを、撮りに来ていたんだ」

「私、祭りの時、写真を撮っているのを、見ています。モデルの人も、ゆかた姿でした」

「お姉さんは、このカメラマンと一緒に、車の中で、死んでいたんだよ」

と、早川は、いった。

さやかは、眉を寄せて、

「でも、この人は、モデルの女の人と一緒だったんでしょう？」

「それが、なぜか、君のお姉さんと一緒に、死んでいたんだ」

「なぜなんですか？」

「われわれも、その理由を知りたいんだ。犯人を見つけるためにね。このカメラマンが、この店に来たことはないの？」

「ありません。八月の祭りの時は、お店を休んでいましたし――」

と、さやかは、いう。

「じゃあ、何処で、会ったんだろう？」

と、早川は、首をかしげてから、十津川に、

「質問があったら、どうぞ、して下さい」

と、いった。

十津川は、さやかに向って、

「お姉さんは、ずっと、この郡上八幡から、出なかったんですか？」

「いいえ。大学は、東京でしたから、大学の四年間は、東京に行っていました。夏休みなんかには、帰って来ていましたけど」

「東京で、このカメラマンと、親しくなったという話はしていませんでしたか？」

「聞いていませんけど——」

「お姉さんは、秘密主義の方でしたか？」

と、亀井が、きいた。

「二人だけの姉妹でしたから、何もかも話してくれていたと思いますけど」

さやかは、ちらっと、自信のない表情になっていた。

「東京は、何処の大学でした？」

と、十津川が、きいた。

「R大です。R大の国文科です」

と、さやかが、いう。

(違うな)

と、十津川は、思った。佐野恵一は、K大の卒業だった。

刑事たちは、二階で、小倉由美の持物を、見せて貰うことにした。

まず、アルバムだった。

由美自身が、写真をやっていたというだけあって、五冊ものアルバムになっていた。

彼女の撮った「郡上八幡の四季」も、一冊のアルバムになっていた。

東京での写真もあった。

刑事たちは、一ページずつ、丁寧に、見ていった。

もし、アルバムの中に、佐野恵一の写真があれば、二人が結びつくのだ。

だが、何回見ても、五冊のアルバムの中に、佐野の写真は、見つからなかった。

次は、手紙だった。今の若い女性にしては、手紙は多い。芝居などにも興味があったというから、彼女自身、筆まめだったのだろう。

もちろん、ここでも、佐野恵一からの手紙はないかと探したが、やはり、見つからなかった。

「お姉さんは、インターネットは、どうでした？」

と、十津川は、きいてみた。

「私は、やっていますけど、姉は、嫌いで、やっていませんでした」

と、さやかは、いった。

「携帯電話は、持っていた？」

亀井が、きいた。

「持っていました」

「八月十六日に外出するときも、持って行ったのかね？」

「持って行きましたわ」

「車からは、携帯も、見つかっていません」

と、早川が、いった。

佐野と、小倉由美とのつながりが、なかなか、見えて来ない。

由美が、ミス・郡上八幡になったときの写真もあった。

二十歳だから、いかにも、若々しい。

「たまたま、夏休みで帰って来ていた時で、友だちにすすめられて、応募したら、選ばれてしまったんだといっていました」

と、さやかは、懐しそうに、いう。

十津川は、じっと、その写真を見ていたが、ふいに、

「この写真！」

と、いった。

「写真が、どうかしましたか？」

と、早川が、驚いた顔で、きく。

「ひょっとして、ミス・コンテストの記念写真を、町で、東京の新進のカメラマンに頼んだんじゃありませんかね」

「それが、佐野恵一というわけですか。すぐ、調べましょう」

と、早川は、立ち上った。

5

町役場に行き、六年前のミス・郡上八幡について聞いた。

コンテストは、町が主催しているので、六年前のミス・郡上八幡が、小倉由美だという記録は残っていたが、記念写真のことになると、急に、自信なげになった。

「何しろ、六年前のことですから」

「外のカメラマンに委嘱《いしょく》したのか、地元の人間に頼んだかは、覚えていますか？」

と、十津川は、きいた。

応対した助役は、

「確か、外部に、委嘱した筈ですが――」

「名前は、わかりませんか？」

「それがねえ。担当した人間が、四年前に、辞めてしまっているんですよ。病気で辞めて、一年後に、亡くなっています」

と、助役は、いう。

「名刺はありませんか？　そのカメラマンの」

「貰ったんでしょうが、何処を探しても、見つからないんですよ」

「どういう経緯で、外のカメラマンに頼んだのか、わかりますか？」

と、十津川が、きいた。

「それも、今いった担当者が、ひとりで、やっていましたからねえ。亡くなってしまったので、経緯というものは、全くわからんのですよ。彼に、任せきりにしていましたから」

「若いカメラマンかどうかは、どうですか？」

「若いカメラマンだったというのは、みんな覚えていますが、名前を覚えている者は、おりません」

「毎年、外に、頼んでいるんですか？」

「いや、最近は、この町のカメラマンに、頼んでいます。その方が、気心が知れているし、経費も安上がりですから」

と、助役は、いった。

結局、六年前、ミス・郡上八幡の小倉由美の写真を撮ったカメラマンの名前は、わからなかった。

ただ、可能性は残ったと、十津川は、思った。

もし、この写真を撮ったのが、佐野恵一だったとすれば、二人が、一緒に車に乗った可能性も、出てくるからである。

「私は、東京に戻りたいと思います。至急、二つ調べなければならないことが、出来ましたから」

と、十津川は、早川に、いった。

「佐野カメラマンのことですね」

「東京で、彼の経歴を、徹底的に調べてみます。六年前、郡上八幡へ出かけていることがはっきりすれば、ミス・郡上八幡の写真を撮っていることになります」

「なるほど」

「もう一つは、同じときに行方不明になっている、本橋やよいのことです」

十津川が、いうと、早川は、大きく肯いて、

「彼女のことが、ありましたね」

「ひょっとすると、彼女も、同じときに、すでに殺されているのかも知れません。彼女と、小倉由美が、なぜ、どうやって、入れ違ったのかを、知りたいのですよ」

「その点が、今回の事件の核心かも知れませんね」

と、早川も、いった。

「それで、お願いがあるのですが、覚醒剤の件なんです」

「もちろん、あれは、もう暫《しばら》く、伏せておきますよ」

「お願いします」

十津川が、頭を下げる。早川は、肯いた。が、ふと探るような眼になった。

「十津川さん自身は、どう思っているんですか？」

「何をですか？」

「覚醒剤のことですよ。総監の息子さんが、覚醒剤をやっていたと、思いますか？　それとも、絶対にそんなことはないと、思っているんですか？」

「私は、絶対という言葉は、嫌いなんですよ。特に、今度のような事件ではね。佐野恵一は、絶対に、覚醒剤はやっていないと思ってしまうと、捜査自体が自由でなくなってしまって、事件の本質を見誤ってしまう恐れがありますからね。だから、彼が、覚醒剤をやっていたかも知れないし、やっていなかったかも知れない。今は、そういう、あいまいな態度で、いたいのですよ」

と、十津川は、いった。

「帰られて、総監に聞かれても、十津川さんは、そう答えるおつもりですか？」

早川は、意地悪く、きく。

「そのつもりでいます」

「しかし、総監は、その答えでは、満足なさらないでしょうね。父親としては、きっぱりと、否定して欲しい筈ですよ」

「そうでしょうね」

十津川は、小さく笑った。

「だが、十津川さんは、そうはしない？」

「そうです」

「なぜなんです？」

「うまくいえませんが、多分、私が、刑事だからでしょうね」

「私だって刑事ですが、私が、十津川さんの立場だったら、上司に向って、息子さんは、絶対にシロですと、いってしまいますね」

と、早川は、いった。

十津川は、微笑して、

「あなたの方が、正直なのかも知れません」

「そうですかね」

「私は、どうしても、義務感に、縛られてしまうんです。刑事は、かくあらねばならないという義務感にですよ。時々、そんな自分が、嫌になることがありますが、今は、あきらめています。刑事という仕事を選んだ時に、生き方も、決ってしまったのだと」

「だから、自分は、刑事だから、といわれるわけですね？」

「そうです」

と、十津川は、また、小さく笑った。

その日の中に、十津川は、亀井と、名古屋から、新幹線で、帰京した。

第二章　或る写真集

1

警視庁に戻ると、十津川は、本多捜査一課長に、報告した。

覚醒剤のことも、佐野恵一と一緒に死んでいた女が、女優の本橋やよいではなく、郡上八幡の小倉由美という娘であることも、改めて話した。

本多は、女のことよりも、覚醒剤のことに眉をひそめた。

「それは、間違いないんだな？」

と、何度も、念を押してから、

「私一人では、どうしていいかわからないから、一緒に、刑事部長のところへ行ってくれ」

と、十津川に、いった。

二人で、三上刑事部長に会いに行き、十津川は、再び、覚醒剤について、説明させられた。

「それで、向うの県警では、佐野恵一が、覚醒剤を常用していたと、見ているんだな？」

三上が、きく。

「そのようです」

「参ったな」

と、三上は、眉を寄せて、

「総監には、報告しにくいな」

「私も、そう思います。息子さんが、死体で発見されたということでも、お心落しでしょうし、その上、覚醒剤を所持していたなんてことは、申し上げられません」

と、本多も、いった。

「まだ、佐野恵一が、覚醒剤をやっていたという絶対的な証拠は、ないんだろう？」

三上が、睨むように、十津川を見た。

「そうしたものは、ありません。何しろ、死後、七ケ月以上たってから発見されていますから、覚醒剤を常用していたという医学的な証明は、出来ないと聞きました」

「君は、どう思っているんだ？」

と、本多が、十津川に、きいた。

「私は、問題は、死因にあると思っています。もし、あれが事故死なら、覚醒剤は、佐野恵一のものだと思います。しかし、あれが殺人だとすると、犯人が、覚醒剤を、彼に持たせておいた可能性が、強くなります」

と、十津川は、いった。

「殺人の可能性もあるのか？」

三上が、きいた。

「可能性は、半々だと思います」

「殺人なら、犯人が覚醒剤を、わざと持たせたことも、考えられるんだな？」

「そうです」

「それなら、あわてて、総監に、覚醒剤のことは、報告しなくてもいいな」

三上は、ほっとした顔になっていた。

「私としては、本橋やよいを、見つけ出したいと、思っています」

十津川は、彼女の写真を、二人の上司に見せた。

「女が、入れ代っていたというのは、どういうことなんだ？」

と、三上が、きいた。

「私にも、わからないのです。去年の八月十三日から十六日まで、四日間の郡上八幡の祭りに、佐野恵一は、女優の本橋やよいを連れて、行っています。彼女をモデルにして、郡上の祭りを、撮るためです。また、近くの白川郷にも、出かけていることが、わかりました。しかし、そのあと、突然、姿を消してしまっていたのです。今回、御母衣《みぼろ》ダムから、彼の車と共に、二人の男女の死体が、見つかりました。男は、佐野恵一だったので、女の方も、てっきり同行していた、女優の本橋やよいだと思われたんですが、よく調べてみると、別人とわかりました。郡上八幡で、妹と喫茶店をやっている、小倉由美という娘でした」

「佐野恵一と、その小倉由美とは、何か関係があるのか？」

と、三上が、きく。

「彼女は、ミス・郡上八幡になったことのある美人ですから、佐野が、彼女を写真に撮ったことは、十分に、考えられるのです」

「しかし、なぜ、入れ代ったかの理由は、わからないんだろう？」

「それで、私は、東京に戻って、本橋やよいを探すことになったわけです。彼女が見つかれば、いろいろと、わかることが、あると思いまして。県警からも、彼女が見つかったら、すぐ、知らせて欲しいといわれています」

「しかし、本橋やよいも、去年の八月以来、行方不明になっているんじゃないのか？」

「その通りです」

と、十津川は、肯いた。

だからこそ、死体が二つ見つかったとき、誰もが、佐野恵一と、本橋やよいだと、決めつけてしまったのである。

「とにかく、全て、その本橋やよいが、見つかってからのことだな」

それが、結論のように、三上刑事部長は、いった。

2

十津川は、亀井刑事と二人で、本橋やよいが所属している沢木プロに出かけた。社長の沢木自身、昔は、N映画の俳優だった男で、現在、二十名のタレントが所属している中堅のプロダクションだった。

そこで、高山で会った青山というマネージャーに会った。

「今、必死で、彼女を探しているところです。今、出て来てくれれば、話題になることは、わかっていますからね」

青山は、眼を大きくして、いうのだ。

「彼女のことで、何か、手がかりみたいなものは、見つかっているんですか？」

と、十津川は、きいてみた。

青山は、小さく、肩をすくめて、

「そんなものがあれば、苦労はしませんよ。何しろ、去年の八月に行方不明になってから、全く、音信不通だったんですからね。東京にいるのか、他の場所にいるのか、全くわからんのです」

「もし、生きているとしたら、なぜ、連絡して来ないんですかね？」

「わかりません。記憶喪失になってしまっているのか、何か、われわれの知らない理由があるのか、どうか」

「本橋やよいさんというのは、どういう人なんですか？」

と、十津川は、きいた。

青山は、ポケットから、印刷された彼女の履歴書を取り出して、十津川に見せた。

十津川が、苦笑する。

「私は、そんなものを見ても仕方がないんです。私が知りたいのは、彼女の性格や、人間関係です」

「性格は、かなりわがままですよ。だいたい、女優やタレントというのは、大なり小なり、わがままですがね。その中でも、彼女は、ピンの方じゃありませんかね。人気が出て来てからは、尚更ね」

と、青山は、笑った。

「しかし、大人しく、郡上八幡へは行ったんでしょう？　行って、佐野恵一のカメラのモデルになっていた」

「ええ。よくやっていたと思いますね」

「よくやっていたというのは、どういうことですか？」

「佐野さんも、カメラマンとしては、自己主張の強い人でしたからね」

「どんな風にです？」

「モデルと、よく、喧嘩してましたよ。モデルの女の子に、優しく接して、まあ、あやすようにして撮っていくカメラマンもいますが、彼は、自分の考え通りに、モデルを動かすやり方ですからね。とにかく、美しく撮って欲しいモデルとは、喧嘩になるんです」

「だが、本橋やよいさんとは、喧嘩もせずに、郡上八幡で、写真を撮っていたんですね？」

「実際は、どうだったか、知りませんが、喧嘩になったという話は、聞こえて来ませんでしたね。それで、ひょっとすると、佐野さんが、彼女に惚れたか、彼女の方が、佐野さんに惚れたか、そんな具合になっているんじゃないかって、勝手に、想像していたんですがねえ」

「彼女は、惚れっぽい性格《たち》なんですか？」

「芸術家に弱いんですよ。だから、前には、映画監督に惚れてしまって、一騒動ありました。その監督に、奥さんがいたもんですからね」

その話は、聞いたことがあるような気が、十津川は、した。

「佐野恵一も、本橋やよいも、人気急上昇中だったわけだから、似合いのカップルだったかも知れませんね。マネージャーのあなたは、なぜ、郡上八幡に行かなかったんですか？」

と、亀井が、きいた。

「佐野さんという人は、それを許さない人なんですよ。保護者がついてくるような女は、撮りたくないというんです」

「なるほど」

「そういって、気に入ったモデルを、ひとりで来させて、仲良くなるのが、佐野さんの手だという人もいますがね」

　と、青山は、笑った。

「郡上八幡での撮影には、去年の八月十三日から十六日の四日間の予定で、行ってたわけですね？」

　十津川は、確認するように、きいた。

「そうです」

「それで、最後の十六日に、行方不明になったわけですか？」

「いや、もう一日、十七日にも、郡上八幡に残りたいということなので、予定を一日、延したんです」

「そうだ。八月十七日に、二人は、白川郷へ行ってるんでした」

「そのあと、行方不明になったんです。十七日の夜には、帰京する予定になっていたんです」

「八月十三日から、十七日まで、電話連絡は、あったんですね？」

　と、十津川は、きいた。

「ありました。といっても、専《もっぱ》ら、僕の方から、かけてましたがね。何しろ、彼女は――」

「わがままで、気まぐれ?」

「そうです。祭りの間、自由にしてくれといわれましたよ」

「十七日に、白川郷へ行ったんですが、白川郷から、連絡して来ましたか? 或いは、こちらから、連絡は、とりましたか?」

「いや」

「どうしてです?」

「彼女が、いったんですよ。十三日から十六日まで、目一杯に仕事をしたから、十七日一日は、完全な休みにしてくれ。だから、電話もしないでくれといわれましてね。白川郷へ行ったのも、あとで、知ったんです」

と、青山は、いった。

「彼女は、白川郷に、特別の思い入れでもあるんですか?」

「いや。そんなことは、聞いていません」

「じゃあ、白川郷行は、カメラマンの佐野が、誘ったのかも知れませんね。あの合掌造りは、カメラマンにとって、恰好の被写体だから」

十津川がいうと、青山は、急に、迷いの表情になって、

「ちょっと、待って下さい。特別の思い入れはなかったとしても、白川郷は、若い女にと

って、魅力があることは、確かですからね。彼女が、誘った可能性もあります」

「なるほど」

「しかし、白川郷へ、どちらが誘ったかが、問題ですか？　とにかく、二人は、白川郷へ行き、そのあと行方不明になったんです」

「そうでもありませんよ」

と、十津川は、落ち着いた声で、いった。

「なぜです？」

「佐野は、郡上八幡と、白川郷との間にある御母衣ダムに、車ごと、沈んだんです。その車には、本橋やよいではなく、郡上八幡の小倉由美という娘が、乗っていたんです。どうして、こんなことになったのか。もし、佐野が、白川郷へ行きたかったとすれば、本橋やよいの代りに、郡上八幡で知り合った小倉由美を連れて行ったことが、想像されます」

「本橋やよいが、行こうと誘ったのなら？」

「白川郷へ行ったのは、彼女と、佐野の二人で、途中で、何か理由があって、女の方が、入れ代ったことになります」

「どちらでも、僕には、いいですよ。とにかく、本橋やよいが何処にいるかが、僕には、大問題なんです。そして、芸能界に、復帰するかどうかがですよ」

と、青山は、いった。

「今回の事件ですがね。われわれ警察は、殺人だと、思っているんです」

「事故死じゃないんですか？　外傷もなく、溺死だと聞きましたが」

と、青山が、いう。

「その通りですが、車から、外へ出ようとした形跡がないんです。車が転落した時には、二人とも、生きていたと思われるのです。それに、小倉由美は、白いハンドバッグを持っていた筈なのに、それが見つかっていません」

「しかし、誰が、殺すんですか？」

「それを、調べたいと、思っているのです。本橋やよいさんが、見つかれば、何かわかると思うんですがね」

と、十津川は、いった。

「刑事さんは、どう思いますか？」

「何がです？」

「彼女は、生きていると、思いますか？　それとも、もう死んでいると、思いますか？」

と、青山が、きいた。

「青山さんは、生きていると、思っているんでしょう？」

「願望ですよ。生きていて欲しいという願望です。うちのプロダクションにとって、貴重な、金のとれる女優ですからね」

と、青山は、いった。

3

十津川と、亀井は、次に、死んだ佐野恵一が所属していた、NCCを訪れた。日本カメラマンズクラブである。

ここで、佐野と親友だったという、木村《きむら》というカメラマンに会った。

佐野より五歳年長の男だった。

「六年前、佐野さんが、郡上八幡で、ミス・郡上八幡の写真を撮ったかどうか、知りたいんです」

と、十津川は、木村に、いった。

「六年前？　まだ、彼が売れっ子じゃなかった頃ですね」

「それで、安い仕事だが、郡上八幡の町に頼まれて、ミス・郡上八幡の写真を撮ったんじゃないかと思いましてね」

「あの頃は、僕も、佐野も、アルバイト感覚で、あまり金にならない仕事も、ずいぶん引き受けましたよ。郡上八幡の方では、わからないんですか?」

「六年も前のことなので、東京から、若いカメラマンに来て貰って、写真を撮って貰ったのは覚えているが、記録は、残っていないというんです」

「そのことが、何か重要なんですか?」

「ぜひ、知りたいと、思っています」

「じゃあ、彼のマンションに行ってみませんか。何か、六年前のことを書いたものが、あるかも知れません」

と、木村が、いった。

彼の案内で、新宿三丁目のマンションに向った。

中古マンションの2DKの部屋を二つ買って、中をぶち抜いて、使っていたのだ。

管理人に、開けて貰って、中に入った。

七ケ月余りの空白があるにも拘らず、ドアを開けた時に、カビ臭い匂いもなく、湿っぽくもなかった。

「誰か、この部屋を見に来た人がいますか?」

と、十津川は、管理人に、きいた。

「確か去年の八月半ば過ぎに、佐野さんのお母さんが見えたので、お開けしましたが、それ以外は、見に来られた方は、ありません」

と、管理人は、いった。

母親といえば、即ち、総監夫人である。

彼女が、八月後半に来たとしても、それからでも、七ケ月以上は、たっているのだ。

(何回か、誰かが、来ているのだ)

と、十津川は、思った。

その人間は、多分、この部屋のカギを持っているに違いない。

部屋の中に、カメラが何台も並んでいた。ライカが、戦前のものから、全て揃っているのは、いかにも、カメラマンらしかった。

十津川は、友人の木村にも、手伝って貰って、部屋の中を、探した。

まず、探すのは、六年前のミス・郡上八幡との関係である。

亀井が、机の引出しから、一枚のポスターと、それに、ピンで止めた名刺を、見つけ出した。

ポスターは、七年前のミス・郡上八幡選出のもので、名刺は、郡上八幡の町長のものだった。

多分、六年前に、仕事を頼まれて、郡上八幡へ行ったのだ。そこで、町長から、名刺と、前年のポスターを渡されて、このようにやってくれと頼まれ、写真を写したに違いない。

(これで、佐野が、小倉由美と、前から知り合いだったと見ていいだろう)

と、十津川は、思った。

そして、去年、八月に郡上八幡に行き、五年ぶりに、小倉由美に会ったのだろう。

ここまでは、推測できる。が、そのあとが、わからない。

佐野が、ひとりで、郡上八幡の祭りを撮りに行ったというのなら、推理は簡単だった。

五年ぶりに再会して、佐野は、彼女を乗せて、白川郷に出かけた。

彼女の方から誘ったのかも知れないが、それは、問題ではなかった。

とにかく、二人で、ベンツに乗って、白川郷へ行き、帰りに、当時、満水だった御母衣ダムに転落した。事故か殺人か、いずれにしろ、車内に、佐野と、小倉由美が乗っていたことは、納得できるのだ。

だが、本橋やよいがいた。なぜ、彼女と一緒に死んでいなかったのか?

殺人の謎と、彼女の謎が重なってしまう。

十津川は、西本《にしもと》刑事たち六人を呼び寄せて、佐野の部屋を、徹底的に、調べさせることにした。

新しく、佐野恵一の死の謎を解くカギを、見つけたかったのだ。

佐野の友人の木村を先に帰らせてからも、刑事たちは、探し続けた。

莫大なネガフィルムは、簡単に眼を通してから、持ち帰ることにした。

メモ類も、手紙の束も、持ち帰ることになった。

これを全部、丁寧に見るには、二日は、かかるだろう。

その夜も、十津川は、三上《みかみ》刑事部長や、本多一課長から、報告を求められた。

「総監には、なぜ、ご子息の佐野恵一さんが死んだのか、その理由を、報告しなきゃならんのだよ。総監は、別に、督促をされてはいないが、死因を知りたいお気持は、強いからね」

と、三上は、いうのだ。

「この事件には、三人の人間が、絡んでいるので、犯人の動機を絞るのが、難しいと思っています」

と、十津川が、いう。

「どう難しいんだね？」

「犯人は、三人の誰を狙ったのか、わからないのです。佐野恵一に恨みがあったのか、それとも、同乗していた小倉由美を恨んでいたのか。或いは、本橋やよいを恨んでいて、入れ代っているのを知らずに、車ごと、御母衣ダムに、沈めてしまったのか、その三つのケースが、考えられるのです」

「それで、どんな捜査をやっているんだ？」

「小倉由美については、向うの警察が、調べてくれています。こちらでは、佐野恵一と、本橋やよいについて、調べます」

と、十津川は、いった。

「本橋やよいが、生きていれば、全てが、わかるんじゃないのかね？」

「かも知れませんが――」

と、十津川は、語尾を濁した。

「彼女は、すでに死んでいると、思っているのかね？」

と、本多一課長が、きいた。

「それは、どちらともいえませんが、今、テレビが連日、興味本位で、彼女のことを扱っています。特に、ワイドショーです。昨日は、本橋やよいを見つけた人に、百万円払うということをいい出しています。その扱い方が、事件を歪めてしまうのではないか。それが心配なのです」

と、十津川は、いった。

「彼女のいたプロダクションが、必死になって、彼女を見つけようとするのは、当然だろう。売れっ子の女優だったんだから」

本多が、いう。

「今、見つかれば、間違いなく、スポットライトを浴びますから、プロダクションは、必死です」

と、十津川は、いった。

それから、二日間、十津川と部下の刑事たちは、押収したネガフィルムや、メモ、手紙の分析に、熱中した。

だが、結局、佐野恵一が、殺される理由は見つからなかった。

同時に、彼が、覚醒剤を常用していた証拠も見つからず、それは、救いでもあった。

「われわれが、見つけようとしたものを、犯人が、持ち去ってしまったのかも知れないな」

と、十津川は、亀井に、いった。

「そういえば、去年の八月以降、その部屋には、何者かが、何回も入っていると思われますから、警部のいわれる通りかも知れませんね」

と、亀井も、いった。

「何者かが、佐野を、女と一緒に車ごと、沈めて殺したとする。その犯人は、多分、マンションのカギを奪っていて、七ケ月あまりの間に、何回も、そのマンションに入り込み、自分に不利なものを、持ち去ってしまったということは、十分に、考えられるんだ」

「そうだとすると、われわれは、カスばかり、調べていることになりますね」

亀井が、ぶぜんとした顔で、いった。

小倉由美について、岐阜県警の早川警部から、FAXが、届いた。

〈小倉由美について、わかったことを、報告します。

由美と、妹のさやかは、由美が、大学を卒業した頃、相ついで、両親を、病気で亡くしています。その後、姉妹で、「ぐじょう」という喫茶店を始めています。資金は、父親の遺産を当てたようです。

店は、美人姉妹の店ということで、繁盛していました。借金は、ありません。

次に、由美の男性関係です。もし、彼女に対して、ストーカー行為をしていた男がいたとすれば、彼女が、去年の八月、佐野恵一と親しくしているのを見て、激しく嫉妬し、車ごと、御母衣ダムに、転落させたことも、十分に考えられると、思いました。あとで、妹のさやかや、由美の友だちなどに当って、聞き込みをやってみましたが、彼女に対して、ストーカー行為をしていた男は、浮んで来ませんでした。

また、由美の男性関係ですが、彼女と妹を目当てに、若い男たちが、コーヒーを飲みに来ていましたが、その中の高橋正之《たかはしまさゆき》という三十歳のミュージシャンと、三年前に、仲が良くなっています。

この男は、郡上八幡のホテルの一人息子で、両親も、二人の交際を知っており、将来、結婚するものと、思っていたそうです。

二人のことは、由美の妹のさやかも知っていました。

ところが、高橋は、去年の三月、仕事に行った名古屋で、交通事故死してしまっています。

由美が、佐野恵一と会ったときは、その失意の最中だったと、思われます。六年前、彼女がミス・郡上八幡になったとき、その写真を、佐野が撮っていたとすれば、二人が、再会し、一緒に、白川郷へ行ったとしても、不思議はありません。

由美は、薄幸の女という印象ですが、彼女が、誰かに、憎まれたり、恨まれていたという証拠は、全く見つかりませんでした。

従って、今回の事件で、彼女が狙われたとは考えられません〉

4

本橋やよいの青山マネージャーが、一枚のFAXを持って、十津川に会いに来た。

「今日、こんなFAXが、うちのプロダクションに、届きました」

と、いうのだ。

〈私は、全てから、逃げたいんです。
私を、探さないで下さい。絶対に
本橋やよい〉

「彼女の字ですか？」

と、十津川は、きいた。

「よく似ています。しかし、断定は出来ないので、警察で調べて貰いたいのです」

青山は、本橋やよいが書いたという手紙も、十津川に、見せた。

十津川は、その二つを、科研で、筆跡鑑定して貰うことにした。

結果は、同一人の筆跡という答えだった。

十津川は、青山を呼んで、その旨を伝えた。

「これを、記者会見で、発表します」

と、青山は、いった。

「生きている証拠としてですか？」

十津川が、きいた。

「そうです。これで、また、大さわぎになりますよ。本橋やよい探しが、ヒートアップします。うちは、懸賞金を、百万から二百万にします。社長が、そういってるんです。FAXが、本橋やよいから送られて来たものなら、二百万円にするってですよ」

青山は、眼を輝やかせて、いうのだ。

「見つかると、思いますか？」

十津川が、きくと、青山は、笑って、

「FAXを送って来たということは、本当は、見つけられたいと、本人は、思っているんですよ。実はSテレビで、『本橋やよいを探そう』という番組が、来週から、オン・エアされるんですよ。うちの立花君が、日本中を、探して廻るという企画なんです。立花君を売り出す絶好のチャンスなので、みんな、張り切っています」

「本橋やよいを、探そう——ですか」

「そうです。彼女を、見たというＦＡＸや、電話は、どんどん、入っているんです。その知らせを受けて、立花君が、飛んで行くという企画です。彼女が見つかって、立花君と、感激の抱擁となれば、これ以上の画面は、ありませんよ」

と、青山は、いう。

（勝手にしろ）

という気分に、十津川は、なった。

これが、テレビ関係者の感覚というものなのだろうが、刑事の十津川としては、あくまでも、事件に、どう、本橋やよいが、関係しているのかという眼で、見てしまう。

「おかしなところがありますね」

と、十津川は、冷静に、いった。

「何がですか？　これで、彼女が、生きているという証拠が、見つかったんですよ」

と、青山は、怒ったような顔で、いった。

「去年の八月十七日に、行方不明になったんでしょう？」

「そうですよ」

「それから、今までに、探さないでくれというＦＡＸは、あったんですか？」

と、十津川は、きいた。

「ありません」

「それが、なぜ、今になって、突然、こんなFAXを、送って来たんですかね？　それが、不思議なのですよ」

十津川が、いうと、青山は、首を小さく振って、

「そんなの、当然じゃありませんか。今まで、彼女は、死んだものと思って、探さなかったんです。だから、彼女は、『探さないでくれ』というFAXなんか、出す必要がなかったんですよ。それが、今になって、急に、警察も、テレビ界も、必死になって、彼女を、探し始めた。それで、彼女は、あわてて、『探さないでくれ』というFAXを、送って来たんですよ」

「しかし、こんなFAXを送れば、逆に、みんなが、彼女を探すことになるのは、わかっているんじゃありませんかね」

十津川が、首をひねると、青山は、したり顔で、

「だから、いったじゃありませんか。本心は、探して欲しいんだって」

「それなら、自分から、なぜ、出て来ないんですか？」

「七ケ月あまりも、自分から、身を隠していたんですよ。恥しくて、のこのこ、出て来れ

ないんじゃありませんか。だから、見つけて欲しいんですよ」

と、青山は、いう。本橋やよいが、見つけて貰いたがっていると、決めてしまったような、いい方だった。

青山が、喜んで帰って行ったあと、亀井は、苦笑しながら、十津川に、

「どうも、テレビ人間の考えは、わかりませんね。本橋やよいが、犯人だという可能性だってあるのに、そんなことは、全く、考えてないみたいですね」

と、いった。

「そんなことより、本橋やよいの行方不明を、精一杯、利用しようとしているのさ」

十津川も、笑った。

小倉由美が、事件の根になっている可能性は、ゼロに近くなったと、十津川は思っている。

とすれば、佐野恵一か、本橋やよいが、事件の根、つまり、殺人の動機を持っていると、考えざるを得ないのだ。

「佐野恵一の仲間に、会ってみよう」

と、十津川は、いった。

先日、世話になった、カメラマン仲間の木村に、もう一度会った。

彼に頼んで、仲の良かった他のカメラマン二人にも、集って貰った。

その三人と、十津川、亀井の五人で、新宿で飲みながら、佐野恵一について、話して貰うことになった。

最初は、遠慮がちだったが、酒が入ってくると、三人の口が、軽くなってきた。

「とにかく、突っ張ってたね。売れない頃からさ」

「女にも、手が早かったよ。女にも、自信満々だったんだ」

「だから、本橋やよいと、郡上八幡に行ったときだって、てっきり、二人は、出来ていると、思ったもんだよ」

「それに、彼女の方から、佐野に撮って貰いたいって、誘ってきたと、聞いたがね」

「ただ、あいつは、自分は、本当は、社会派なんだっていう自負があったんじゃないのか」

「そういえば、売れなかったけど、事件を追った、いい写真集があったなあ」

「未解決の事件を追ったやつだろう。あれを撮るには、彼自身、危い目にあったと、いっていたよ」

「奴は酒も、強かったね」

「酔っ払ったのを、おれは見たことがないよ」

「ケンカもよくしたな」

「おれは、彼の写真をけなして、殴られたことがある」

「おれもさ。ケンカ早いのは、有名だった。それでも、人に嫌われなかったのは、そのあと、根に持たなかったからだろうね」

「その写真集のことを、もっと、詳しく話してくれませんか」

と、十津川は、いった。

「ああ、未解決事件を追った写真集のことね。おれが、持ってるから、差し上げますよ」

と、木村が、いった。

十津川は、帰りに、木村のマンションによって、その写真集を借りることにした。

5

〈犯人の影を追う〉

と、題された、モノクロの写真集だった。

〈未解決の連続殺人事件について〉

という、副題がついている。三年前の発行だった。

この事件そのものは、東京、名古屋、京都、大阪と、四つの都市を結んで起きた連続殺人だった。

写真集が出る前年、四年前に起きた事件である。

〈新幹線殺人〉

と、呼ばれたこともある。

三月十二日。深夜、東京世田谷のマンションの一室で、二十六歳のＯＬが、惨殺された。

これが、最初の殺人だった。

犯人は、被害者を、裸にし、鋭利な刃物で、胸を刺して殺した上、流れ出た血で、壁に、

〈血で、あがなわしてやる〉

と、書いていた。

奇妙なことに、裸の女の膣内に、精液は、見つからなかった。

室内に、犯人のものと思われる指紋も、なかった。

従って、犯人の指紋も、血液型も、わからないのだ。

続いて、四月二日。名古屋市中区栄のマンションで、クラブのホステスが、殺された。

同じように、裸にされて、胸をえぐられ、その血で、壁に、犯人は、次の文字を書き残した。


〈血を見て、嘲笑《わら》え〉


指紋も、精液も残っていないことは、同じだった。

三人目は、京都だった。

五月十六日。深夜、西陣の古い家屋を改造して住んでいた三十歳の女が、殺された。

殺し方は、前の二人と、全く同じだった。そして、今度、血で書かれた文字は、

〈血の匂いに酔え〉

であった。

四人目は、六月七日。

大阪市内十三《じゅうそう》の雑居ビルの、地下の小さなバーでだった。

そこの三十五歳のママが、殺されたのである。うす暗い店の中で、裸にされたママは、胸を刺されて死んでいた。


〈血だ！　血だ！　血だ！〉


これが、店の壁に書かれた血文字だった。

四人目の犠牲者が出たあと、突然、この連続殺人は、とまってしまったのである。

この事件は、東京、名古屋、京都、大阪の四つの都市にまたがるため、広域捜査になったが、そのせいか、いまだに、犯人はあがっていない。

佐野恵一の写真は、この連続殺人事件を、カメラマンの眼で追ったものだった。

佐野は、二つの視点から、事件を追っている。

一つは、四人の被害者の共通点であり、もう一つは、犯人が残した「血」の文字をキーワードとした、犯人の心理分析だった。

四人の女の顔は、一見、似ていなかった。

特に、死顔は、である。警察も、顔に、共通点はないと、発表した。

だが、佐野は、粘り強く、四人の顔写真を集めたのだ。四人の家族、友人、知人の間を歩き廻ってである。

そして、四人が、あるポーズを取ったとき、驚くほど、似た女に見えることを、写真集で、証明して見せていた。

次は、犯人が、血文字で残した言葉である。

四つの殺人で、犯人が、書き残した文字には、「血」の言葉が、入っている。

〈犯人は、血に拘《こだ》わっている〉

と、佐野は、書いていた。

〈彼は、自分の、暗い血の宿命みたいなものに悩み、それが、残虐な犯行に走らせたに違いない〉

〈その血は、恐らく、若い彼の母親が、絡んでいるだろう〉

〈犯人は、母親を憎みながら、どこかで、愛している。だから、殺しても、犯すことが、出来なかったのだ〉

6

「面白いね」

と、十津川は、写真集を前において、亀井にいった。

「あの連続殺人事件を、面白い眼で見ていますね」

「ただ、この写真集を出したために、佐野が殺されたとは、ちょっと、考えにくいね。その場合は、犯人は、連続殺人の犯人ということになってくるんだ。佐野が、写真集で、具体的に、犯人を、指摘しているわけじゃないからね」

と、十津川は、いった。

「そうですね。写真集は、面白いですが、これで、犯人が、わかるわけじゃありません」

と、亀井も、いった。

ただ、十津川は、四人の被害者から、一人の女の顔を、作りあげた点に関心を持った。

その女の顔は、四人と似ていないのに、表情として、共通しているのだ。

「この合成写真が、本橋やよいか、小倉由美に似ていれば、今回の事件と関係してくるんだが」

と、十津川は、いった。

十津川は、三枚の写真を並べてみた。

「似ていませんね」

と、亀井が、断定した。

「似ていないな」

と、十津川も、いった。

だが、何者かが、佐野のマンションの部屋に侵入したことは、明らかなのだ。

去年の八月十七日に、佐野が行方不明になったあと、母親が、一回、部屋に入ったことは、わかっている。

この時が、八月十九日だった。母親も、友人たちも、その後、一度も、彼の部屋には入っていなかった。

しかし、七ケ月あまり過ぎた今、十津川たちが部屋に入ったところ、空気の澱《よど》みもなく、湿っぽくもなかったから、その間に、何度も、人間が部屋に入ったと考えられるのだ。

とすると、入った人間は、佐野の車を、御母衣ダムに転落させた犯人ではないかと、考えられるのである。

「やはり、佐野恵一というカメラマンが、動機になっているんですかね」

亀井が、考え込む表情になっていた。

「そうだな。私は、その人間が、何か、わけがあって、佐野のマンションに何回か、入ったとみているんだ」

「共犯者ということは、考えられませんか？」

と、亀井が、いった。

「共犯？」

「そうです。去年の八月十七日に、佐野恵一は、女と一緒に、ダムに、転落させられたんでしょう。満水で、即死ではなかったと思われるのに、二人とも、車外に脱出しようとした形跡はないということでした」

「だから、事故死ではなく、殺人だと、見られているんだ」

「ということは、犯人は、二人にクロロフォルムか何か嗅がせて、車をダムに、転落させたんだと思うのです」

「それに、覚醒剤も、犯人が、佐野恵一のポケットに、押し込んでおいたものとすると、果して、一人で、出来るかどうかという疑問が、わいてきます」

「多分、そうだろう」

「複数犯の可能性か？」

「私は、主犯と、共犯がいて、共犯者が、主犯の指示で、何かを探しに、佐野恵一のマンションに侵入していたのではないかと思うのです」

と、亀井は、いった。

「カメさんのいう通りだとして、何を探したんだろう？」

「やっぱり、その写真集じゃありませんか。あの部屋には、一冊もありませんでした。佐野恵一自身の写真集ですから、一冊もないというのは、おかしいと思うのです。ですから、犯人なり、共犯者が持ち去ったのではないかと考えたんですが」

「確かに、その通りかも知れないが、この写真集は、市販されているんだ。現に、佐野の仲間が、持っていて、貸してくれた。いくら、犯人が、佐野のマンションから持ち去ったとしても、それを完全に無くすことは出来ないんだ。現に、われわれが、簡単に、手に入れているからね」

十津川は、首をひねった。

疑問は、残ったままだった。

7

翌日から、青山のいっていたテレビ番組が始まった。

タレントの立花直也《たちばななおや》が、女性アナウンサーと共に、本橋やよい探しに走り廻るという番組である。

立花は、彼女と同じ沢木プロのテレビタレントだが、テレビドラマの端役に出るくらいのタレントである。

ルックスもいいし、タッパもあるので、沢木プロとしては、二十八歳のこの男を、何とか、売り出したいと、思っていたらしい。

そのチャンスが来たとみて、沢木プロ側が、テレビ局に、強引に売り込み、臨時の捜索番組を作らせたのだ。

画面に、立花と、局の女性アナウンサーが出て来て、本橋やよいの発見に、正確な情報をくれた人に、二百万円の賞金を払うことを、大きく、宣言したあと、今までに集った情報を、次々に読みあげていく。

ＦＡＸ、電話などの情報である。

その中から、有力情報と思われるものを選び、立花が、大きな本橋やよいのパネルを持って飛んでいくという内容だった。

今日は、能登の和倉温泉と、熱海の旅館で見かけたという情報の確認に向ったものを、録画で見せていた。

熱海の方は、本橋やよいと、あまり似ていない女性だったが、和倉温泉に、一週間前から、ひとりで泊っている女性の方は、本人に、よく似ていた。

立花は、彼女と、本橋やよいのパネル写真を並べて、

「こんなそっくりさんじゃあ、間違えても、無理はないなあ」

と、大げさに、驚いて見せた。

そのあと、立花は、

「実は、これは、外れだったんですが、感動的な物語があるんですよ」

と、思わせぶりに、いった。

この女性は、実は、失恋の痛手から、自殺しようと、能登に来ていたのだという。

東京の両親は、必死になって、探していたのが、この番組のおかげで、見つかり、駈けつけた。女の方も、自殺する気は消えて、両親と、感動の対面をした。

画面の中で、母親と、二十二歳の娘は、泣きながら、抱き合っている。

「良かった。良かった」

と、立花も、涙声になって、二人の肩を叩く。

画面は、テレビ局に戻って、局アナが、

「本橋やよいさんは、残念ながら、まだ、見つかっていませんが、この番組のおかげで、一人の女性が、自殺を思いとどまったんですねえ」

と、感激した表情で、隣りの立花に話しかける。

立花は、笑顔で、

「僕は、二十八年間、生きてきていますが、人助けをしたのは、今回が初めてですよ。まだ感動が、残っています」

と、いう。

十津川は、亀井と、テレビを見ながら、

「何となく、やらせくさいが、テレビ人間というのは、逞しいねえ。どんなことでも、宣伝に利用してしまうんだから」

と、苦笑した。

「しかし、行方不明になっている女というのが、意外に多いのには、びっくりしました。

生きている可能性もあると、思うようになりました」

「問題は、生きているとしたら、今、何処にいるかだな」

「今、こんな手紙が届いた」

「指紋は？」

「検出は、すませてある」

と、十津川がきくと、本多は、

それが、宛名だった。パソコンの文字が、いやに、冷たく感じられる。

〈警視庁　捜査一課長殿〉

十津川と、亀井が、それを見る。

と、本多は、十津川に、一通の封書を、手渡した。

二人で、テレビを見ながら、話し合っているところへ、本多一課長が、入って来た。

と、十津川は、前に口にしたのと同じ疑問を、言葉にした。

と、亀井は、いった。

私は、本橋やよいは、もう死んでいると、思っていたんですが、こうなると、何処かで、と、いう。

十津川は、中身を取り出した。同じく、パソコンの文字が、並んでいた。

〈佐野恵一たちの死亡事件は、すでに、終ったことだ。今になって掘り返せば、何人もの人間が傷つくことになる。それを考えて、詰らない捜査は、止めたまえ。

これは、忠告だ〉

書かれてあったのは、それだけだった。

差出人の名前はない。

封筒にあった消印は、郡上八幡の郵便局のものだった。

そこで、投函されたものらしい。

「君は、差出人について、どう思うね？」

と、本多一課長が、きく。

「事件の関係者であることは、間違いないと思います」

と、十津川は、いった。

「つまり、佐野恵一と、小倉由美を、車ごと、御母衣ダムに転落死させた犯人ということだな」

「そうです。恐らく、犯人は、車が引き揚げられても、事故死ということで、すむと考えていたんでしょう。ところが、警察が、殺人事件とみて、捜査を始めたんで、あわてたんだと思います」

と、十津川は、いった。

「捜査を続ければ、何人もの人間が傷つくという言葉を、どう思うね?」

「単なる脅しか、本当に、傷つく人間がいるのか、判断はできませんが、こんな脅しで、捜査をやめるわけにはいきません」

と、十津川は、きっぱりと、いった。

「確かに、君のいう通りだが、私としては、何しろ、総監のことがあるので、それが気がかりでね」

と、本多は、いう。

「私は、この手紙の消印も、引っかかるんです」

十津川は、封筒の表を見せて、本多にいった。

「手紙が、郡上八幡から、出されたことが、引っかかるというわけか?」

「そうです」

「なぜ？」

「今回の事件は、去年の八月、郡上八幡で、起きました。正確にいえば、郡上八幡の周辺でです。しかも、佐野恵一と一緒に死んでいたのは、郡上八幡の女性です」

「だから、この手紙も、郡上八幡から、出された。それで、符節が合うんじゃないのかね？」

と、本多が、きく。

「もし、事件の根が、郡上八幡にあるとしたら、犯人は、捜査の眼が、そこに向けられるのを、嫌がると、思うのです。それなのに、犯人は、なぜ、郡上八幡から、この手紙を、投函したんでしょうか？　それが、引っかかるんです」

と、十津川は、いった。

第三章　漏洩《ろうえい》

1

突然、十津川は、三上刑事部長に呼ばれた。

三上は、十津川の顔を見るなり、

「困ったことになった」

と、険しい表情で、いう。

「何ですか？」

十津川がきくと、三上は、何かのゲラを、彼に渡した。

「来週出る、週刊中央のゲラだ」

と、三上は、いう。

〈警視総監の息子に、覚醒剤疑惑！〉

大きな見出しが、踊っていた。

〈先頃、御母衣《みぼろ》ダムで発見された男女について、警察の捜査が、何かもたついている印象があったのだが、実は、大変なスキャンダルが隠されていることを、本誌は、つかんだ。

死んだ佐野恵一氏が、現在の警視庁の佐野総監の息子であることは前に書いたが、その佐野恵一氏に、覚醒剤使用の疑惑が、浮上してきたのである。

佐野恵一氏の衣服のポケットから、二グラムの覚醒剤が、見つかっていたのだ。警察は、それを、ひた隠して、捜査を進めているので、もたもたした印象を与えていたのである。

これは、明らかに、警視総監の息子が、覚醒剤の常用者では、まずいことになるという、身内意識としか考えられない。

この重大な事実を、ひた隠しにして、捜査を進めて、果して、犯人が、捕まるのだろう

か？〉

「まずいのは、君にもわかるだろう？」

と、三上は、いった。

「何処から、洩れたんでしょう？」

「そんなこと、わかるか」

と、三上は、小さく溜息をついてから、

「君の友人が、中央新聞にいた筈だな？」

「ええ。おります」

「何とか、週刊中央のこの記事を、止められないかね？」

「わかりません。マスコミは、反権力、反警察ですから」

と、十津川は、いった。

「そこを、何とか、話してみて欲しい。総監の身内が絡んでいるから、上から圧力をかけるわけには、いかないんだ」

三上は、困惑した表情で、いう。

「期待されては困りますが、とにかく、友人に話を聞いてみます」

と、十津川は、いった。

友人で、中央新聞にいる田島《たじま》に、電話してみると、

「そろそろ、君から、かかってくる頃だと思っていたよ」

という返事が、かえってきた。

「とにかく、会ってくれ」

と、いい、夕食を一緒にすることに決めた。

午後六時に、新宿のレストランに行ってみると、田島は、四十歳くらいの男を、連れていて、

「週刊中央の編集長の丹羽《にわ》君」

と、十津川に、紹介した。

丹羽は、固い表情で、

「あの記事を、没にしろというのは、お断りしますよ」

と、いう。

十津川は、苦笑して、

「それなら、おたくのスポンサーに、頼みますよ。私は、この記事を、週刊中央が載せることになった経緯を知りたいんです」

「ニュースソースは、申し上げられません」

丹羽は、切り口上で、いった。

「そんなことは、いいんです。今回の事件ですが、間違いなく、佐野恵一のポケットから、覚醒剤の入った袋が、見つかっています」

と、十津川は、いった。

「やっぱり、隠していたんですね」

「そのことを、発表しなかった理由ですが――」

「総監のスキャンダルになるからだということは、わかっていますよ」

と、丹羽は、決めつけるように、いう。

仕方なく、十津川は、笑って、

「確かに、それもあります」

「いいのか？　刑事の君が、肯いたりして」

田島が、口を挟む。

「事実だから、仕方がないさ。だが、それだけじゃないんだ。もう一つの理由は、別にある。それを話したい。この事件は、殺人と、事故死と、両方が考えられて、私は、八対二ぐらいで、殺人の可能性が強いと、思っているんだ。もし、これが事故死なら、佐野恵一は、覚醒剤を使っていたと、私も思う。しかし、殺人なら、犯人が、覚醒剤を、佐野のポケットにねじ込んでおいたことになる。だから、発表しなかったんだ」

と、十津川は、いった。

「殺人の可能性が、八〇パーセントというのは、本当なのか?」

田島が、真剣に、きく。

「私は、一〇〇パーセントだと思っている。ただ、殺人という確証がないので、八〇パーセントといっているんだ」

「殺人なら、覚醒剤は、犯人が、ねじ込んだことになってくる?」

「そうだ」

「丹羽君」

と、田島は、週刊中央の編集長を見た。

丹羽は、気色《けしき》ばんで、

「僕は、この記事は、没にしませんよ」

「別に、没にしてくれと頼んではいません」

と、十津川は、いってから、

「今回の事件は、一筋縄ではいかない複雑なものを持っていると、私は、考えているのです。実は、警察に、この事件を調べるなという脅しの手紙が来ているのです」

「本当か？」

　と、田島が、きく。

「今、その手紙は見せられないが、事実だ。それに、本橋やよいは、生きているのか、死んでいるのか。生きているのなら、なぜ、隠れているのか。この事件には、今もいったように、わからないことが、沢山あるんだ」

　と、十津川が、いった。

「何がいいたいんだ？」

「覚醒剤のことだけ、鬼の首でも取ったように、記事にしたりすると、あとで、ひどいしっぺ返しを受けるような気がしてね」

「しっぺ返しって、何のことです？」

　丹羽が、むっとした顔で、十津川を見た。

「どんな人間が、この話を、おたくに知らせたか、私には、わからない。ただ、この事件を見ていると、犯人は、マスコミを利用しようとして、覚醒剤のことを、おたくへ知らせたんだと思うんだよ。つまり、君たちは、犯人に利用されている。それがわかると、まずいことになるんじゃないのかね？」

と、十津川は、いった。

「なぜ、犯人が、マスコミを、利用するんだ？」

田島が、きいた。

「そんなこと、今の段階では、わからないよ。ただ、私は、今もいったように、これを、殺人だと思っているんだが、犯人は、怖しい男だと思うね。警察に、事件のことを、これ以上調べるなと投書をしたり、週刊誌に、覚醒剤のことを洩らしたりね」

と、十津川は、いった。

少しずつ、田島の表情が、こわばっていくのがわかった。

食事の途中だったが、急に、田島は、丹羽の耳に、何か囁いた。

「そんなことをいっても――」

と、丹羽が、顔を赤くしている。

田島は、そんな丹羽を、手で、制するようにして、十津川に、

「途中で悪いが、失礼するよ。社に帰って、相談しなければならないことが、出来たんだ」

と、いった。

十津川がとめる間もなく、田島は、丹羽を引っ張るようにして、帰ってしまった。

十津川は、テーブルにひとり残されて、仕方なく煙草に火をつけた。

彼の携帯が、鳴った。

「どんな具合だ？」

と、三上刑事部長の声が、きいた。

心配して、聞いてきたのだ。

「多分、大丈夫だと思います」

と、十津川は、いった。

「本当か？」

「次の週刊中央には、あの記事は、載らないだろうと思います」

「それを聞いて、ほっとしたよ。良く、やった」

「ただ――」

「ただ、何だ？」

「誰が、週刊中央に、覚醒剤のことを、洩らしたんですかね？」

と、十津川は、いった。

2

翌日、十津川が出勤すると、早くも、覚醒剤の件で、犯人探しが、始まっていた。

誰が、週刊中央に洩らしたのか、その犯人探しである。

十津川も、否応なしに、その輪の中に、入れられてしまった。

「もともと、君が、洩らした犯人は、誰だろうと、いい出したんだからな」

と、三上は、いうのだ。

「本庁の人間が、洩らすことはないと思います。ですから、県警の人間だと思いますね」

と、本多一課長が、いった。

「岐阜県警か」

三上が、肯く。

「向うさんは、われわれほど、佐野総監のことを、考えていないと、思いますね」

と、本多は、いう。

「向うの担当警部は、何といったかな？」

三上が、十津川に、きく。

「早川という警部ですが」

「君は、向うで、会ったんだろう？」

「会って、事件について、説明して貰いました」

「どんな男だ？」

本多一課長が、きく。

「郡上八幡の町を、案内して貰いましたが、親切な感じを受けましたが」

「その警部が、覚醒剤のことを、週刊誌に、洩らしたとは、考えられないかね？」

と、本多が、いった。

「わかりません」

十津川は、正直に、いった。

「しかし、県警以外に、佐野恵一が、覚醒剤を持っていたことを知っている者は、いないんだろう？」

「もう一人います。犯人です。犯人が、覚醒剤を、佐野恵一のポケットに入れたとすれば、犯人は、知っている筈ですから」

と、十津川は、いった。

「週刊中央は、どういっているんだ？」

三上部長が、きく。

「ニュースソースは、明かせないと、いっています」

「それを、何とか、聞き出せなかったのかね？」

三上が、不満そうに、いう。

「無理です。その代り、週刊中央は、覚醒剤の記事は、載せないという感触を得ました。それ以上強要すると、向うは、記事にする恐れがあります」

と、十津川は、いった。

「本当か。妙な取引きをして来なかっただろうね？」

心配性の三上が、きく。

「取引きって、何ですか？」

「覚醒剤の件を記事にしない代りに、こちらの秘密を、何か教えるという取引きだよ」

「そんな取引きはして来ません」

と、十津川は、強い調子で、いった。

「その言葉を信用したいが、週刊中央は、なぜ、ギブ・アンド・テイクなしに、覚醒剤のことを記事にしないと、君は、確信できるのかね？」

と、三上が、きく。

「週刊中央は、中央新聞が、出している週刊誌です」

「そんなことは、知っている」

「そこが、出版社系の週刊誌と違うところです。新聞には、新聞の信頼というものがあります。週刊中央が、もし、誤報を記事にすれば、母体の中央新聞の信頼が失われます。そのために、新聞社の出す週刊誌は、出版社系の週刊誌のように、思い切ったことが、書けないんです。ですから、私は、相手に、この事件は、殺人事件の可能性が強い。殺人事件となったら、犯人が、佐野恵一のポケットに、覚醒剤を入れておいて、車ごと、御母衣ダムに、突き落としたとみなければならないと、話したんです」

と、十津川は、いった。

「それで、相手は納得したのか？」

本多一課長が、きく。

「出版社系の週刊誌なら、それでも、記事を載せるかも知れません。しかし、今も申し上げたように、週刊中央は、中央新聞の信頼が第一ですから、中止すると、考えているわけです」

と、十津川は、いった。

それでも、まだ、三上と、本多は、半信半疑の表情だった。

「君が、それだけいうのなら、大丈夫だと思うが――」

と、三上は、まだ、心配気にいった。

「大丈夫です」

十津川は、田島と、週刊中央の編集長の顔を思い出して、断言した。あの顔は、記事を載せるのを諦めた顔だと思うからである。

「それで、今後の捜査ということだが」

本多一課長が、いう。

「一週間、私を、郡上八幡に行かせて下さい」

と、十津川は、いった。

「もう、郡上八幡には、行ってるじゃないか」

「向うに腰を落ちつけて、去年の夏の郡上祭りのことを、調べてみたいのです。佐野恵一、本橋やよい、それに、小倉由美が、その祭りのとき、どう行動したかをです」

「そのうち、二人は死んでいるし、一人は、行方不明だぞ」

「そうです。しかし、郡上八幡には、三人について、何かを知っている人間が、いると、思っています。それに、郡上八幡の消印で、届いた手紙のこともあります」

「一週間、必要か？」

「本当は、もっと、長い時間が必要かも知れません。郡上八幡という町は、山あいの小さな町です。古い町です。みんなが知り合いみたいな町だと、思うのです。そんなところに、他所者《よそもの》の、しかも、捜査一課の刑事が入って行っても、郡上八幡の人たちが心を開いて、話してくれるとは、思えないからです。ですから、一週間は、最低の時間です」

と、十津川は、いった。

「それで、誰を一緒に、連れて行くんだ？」

本多が、きいた。

「今回は、ひとりで行きたいと、思っています」

「ひとりで、大丈夫か？」

「ひとりの方が、警戒されませんから」

と、十津川は、いった。

本多と、三上の許可を得てから、十津川は、亀井と、打ち合せをした。

警視庁の中の喫茶室にした。

コーヒーを飲みながらの打ち合せである。

「今回は、私ひとりで、行くことにした」

と、十津川は、まず、いった。

「それは構いませんが、大丈夫ですか？」

亀井が、心配そうに、きく。

十津川は、笑って、

「大丈夫だ。それに、今回は、ひとりの方が、いいんだ」

「私は残って、何をしましょう？」

「佐野恵一のことを、徹底的に調べて欲しいんだ。彼の全てをだよ。これは、カメさんにしか頼めない。何しろ、総監の息子だからね。普通の刑事では、びびってしまう」

「私は、大丈夫です」

「それから、これだ」

十津川は、佐野恵一の「犯人の影を追う」と題された写真集を、取り出した。

「ああ、これですか」

と、亀井が肯いて、

「私も、この写真集のことが、気になっていたんです」

「そうだろう。モノクロの写真集で、彼の出した写真集の中では、異色だ。なぜ、こんな写真集を出したのか、私も気になるんだよ」

「しかし、警部は、このために、彼が殺されたとは思わないと、いわれましたね」

亀井は、確かめるように、いった。

「三年も前に出した写真集だし、この写真集が追った連続殺人事件は、その前年、四年前に起きて、終ってしまっているからだ」

「しかし、犯人は、まだ、捕まっていません」

「そうなんだ。ただ、私としては、なぜ、三年前に、佐野が、この連続殺人事件に興味を持ち、執拗に追いかけたか、その理由を知りたいんだよ」

と、十津川は、いった。

「わかりました。彼のカメラマン仲間にも会ってみます」

「頼む」

「本橋やよいのことはどうしますか？　テレビはやたら、彼女のことをネタにして、騒いでいますが」

と、亀井が、きく。

「カメさんは、どう思うね？」

「彼女が、なぜ、隠れているかということですか？」

「いや、彼女が、生きているか、死んでいるかということだよ」

と、十津川は、いった。

「彼女が生きていることは、間違いないんじゃありませんか。彼女の所属するプロダクションに、彼女から、『探さないでくれ』というＦＡＸが届いていますし、その筆跡が、本人のものであることは、科研が、鑑定しました」

亀井が、いう。

「わかってる。私は全てから逃げたい。探さないでくれというＦＡＸだろう。私は、あのＦＡＸはおかしいと、思っているんだ」

と、十津川は、いった。

「なぜですか？」

「第一に、隠れていたいのなら、なぜ、探さないでくれと、ＦＡＸなんかしてきたのかということがある。それに、彼女の代りに、小倉由美が、佐野と一緒に死んでいるんだ。その理由について、何か、書いてくるべきじゃないかね」

「しかし、彼女の筆跡という点は、どう思われます？」

と、亀井は、首をかしげて、十津川を見た。

「タレントは、忙しくなると、たいてい、何もかも放り出して、ひとりになりたくなることがあると、聞いたことがある。彼女も、そんな気分になったことがあって、メモか何かに書いたんじゃないかな。それを持っていた人間が、この騒ぎをより大きくしてやろうと

ＦＡＸで、彼女のプロダクションに送りつけて来たんだと思うな」

と、十津川は、いった。

「では、警部は、本橋やよいは、もう、死んでいると、思われるんですか？」

「私は、その方に賭けるね」

「では、彼女のことは、調べなくて構いませんか？」

「いや、彼女についても、何かわかったら、知らせてくれ。佐野恵一と、去年の八月に、郡上八幡に行ったことは間違いないんだから」

と、十津川は、いった。

3

翌日、十津川は、郡上八幡に向った。

新幹線で名古屋に出て、高山本線の特急「ひだ」に乗りかえて、美濃太田へ。

そこから、長良川鉄道で、郡上八幡駅まで。

車を使わなかったのは、一人の旅行者として、郡上八幡の町に入りたかったからである。

まだ肌寒かったが、有難いことに、よく晴れていた。

郡上八幡駅からは、郡上大橋まで歩いて行く。吉田川とぶつかると、川沿いに町に向って、ゆっくり、歩くことにした。

町に入ると、まっすぐ、喫茶店「ぐじょう」に行った。

店は、開いていた。小倉由美の妹のさやかが、ひとりで働いていた。

前に来たときは、姉の遺体が見つかったばかりで、さすがに店は閉っていた。その時に県警の早川警部と一緒に、さやかに、姉のことを、いろいろと、聞いたのだった。

カウンターに腰を下して、

「コーヒーを。砂糖はいらない」

というと、さやかは、じっと、十津川を見て、

「いつかの刑事さんでしょう？　東京の」

「十津川です」

「そう、十津川さんだった。また姉の事件を調べにいらっしゃったんですか？」

さやかは、コーヒーをいれながら、きく。

「それもあるけど、この郡上八幡が気に入って、また来たというのが、本当のところです。この店が、どうなったかも気になったしね」

と、十津川は、いった。

「姉と二人でやってきた店だから、やめられないんです」

「アンティークな感じで、いい店ですよ」

十津川は、店の中を見廻して、いった。

さやかは、黙って、コーヒーを十津川の前に置いた。

若いカップルが、入ってきた。さやかに向って手をあげたところを見ると、この町の若者なのだろう。この店は、地元の若者たちの集る場所になっているのだ。

彼等が、何も注文しないのに、さやかは、コーヒーをいれて、運んで行った。

カウンターの中に戻ってくると、

「事件のこと、何か、わかったんですか？」

と、十津川に、きいた。

「いや、まだ、何もわかっていません。佐野カメラマンが、どうして、あなたのお姉さんと一緒に、車の中で亡くなったのかもです」

「テレビで見ました。本橋やよいさんを見つけた人には、懸賞金を払うそうですね」

「そうですか」

「彼女が見つかれば、姉のことも、何か、わかるでしょうか？」

さやかが、きく。

「私は、何かわかればいいと、思っているんですがね」

とだけ、十津川は、いった。

観光客らしい男女五、六人が入って来て、急に、店の中が、賑やかになった。

十津川は、立ち上り、

「また、明日、コーヒーを飲みに来ます」

と、さやかに、いった。

「何処に、お泊りなんですか？」

「田中屋という旅館です。郡上八幡では、一番古い旅館だと聞きました」

「田中屋さん？　ああ、佐野恵一さんが、祭りのとき、泊った旅館ですね」

と、さやかは、いった。

十津川も、それを知っていて、予約したのである。

明治期の創業という旅館だった。場所を聞くと、さやかが、歩いて十五、六分だと教えてくれたので、彼女が描いてくれた地図を見ながら、歩いて行くことにした。

道は狭い。道に沿って、細い水路があり、ところどころに、水呑み場が設けられている。

柄杓《ひしやく》と、コップが置いてあった。しかし、地元の人たちが飲んでいる姿を見かけないから、観光客向けなのだろうか。

夏の郡上踊りの時は、きっと、踊りつかれた人たちが、のどをうるおすのだろう。

田中屋は、純和風の旅館だった。

創業明治×年という看板が、かかっている。平家造りの落ち着いたたたずまいだった。

玄関を入ると、有名な画家の描いた郡上踊りの絵が、かかっていた。

五十歳くらいの女将《おかみ》が迎えてくれた。

「一週間ばかり、お世話になります」

と、十津川は、いった。

中年の仲居が、部屋に案内する。窓を開けると、滝のある庭が、見えた。

仲居は、お茶をいれてくれてから、

「去年、女優の本橋やよいさんが、この部屋に、お泊りになったんですよ」

と、いう。

「この部屋に？」

「ええ。きれいな方でした。何でも、行方不明で、テレビ局が、探しているみたいですけど」

「一緒に、佐野というカメラマンが、来ていた筈なんだが」

「ああ、御母衣ダムで、死んでいた方でしょう。あのカメラマンさんは、隣りの千鳥の間に、お泊りになってたんです」

「隣りにね」

「はい。私ね、本橋やよいさんに、色紙にサインを頂きました」

と、仲居は、いった。彼女にとって、佐野カメラマンより、女優の本橋やよいの方が、大事なお客だったのだろう。

「本橋やよいのサインをね」

「私もですけど、娘も、ファンなんですよ」

その娘は、中学一年生だと仲居はいった。

「一週間泊るので、よろしく、お願いしますよ」

と、十津川は、祝儀を包んで渡した。

「お客さん、何の仕事をなさっているんですか？」

と、仲居は、きいた。

「平凡なサラリーマン。久しぶりに、一週間の休みが取れたので、郡上八幡に来たんだ。郡上踊りの時に来たかったんだが、休みが取れなくてね」

「お祭りの時は楽しいけど、観光客が一杯で、大変ですよ」

「去年の夏のときは、どうだったの？」

「いつもの通り、何十万というお客さんが、来ましたよ。ただ、雨が多くて」

「雨の中でも、踊るんだろう？」

「ええ。多少の雨なら、踊りますよ」

「本橋やよいさんも、踊ったんだ？」

「ええ。それを、一緒に来たカメラマンさんが、一生懸命、撮ってたみたいですよ」

「郡上踊りが、どんなものか見たいんだが、ビデオで、撮った人はいないのかな？　去年の祭りが、いいんだけど」

と、十津川は、いった。

「さあ、誰か、撮っていると思いますけど」

「君は、ビデオで、撮らなかったの？」

「私は、踊るのに夢中で――」

と、仲居は、笑った。

「誰か、撮っている人がいたら、教えてくれないかな。お礼はしますよ」

と、十津川は、いった。

仲居が、退がると、十津川は、庭を眺めながら、煙草に火をつけた。

うぐいすの鳴き声が、聞こえる。よく、庭に来るのだろうか。

廊下の寝椅子に腰を下し、持って来た、例の写真集を手に取った。

連続女性殺人を、佐野が、カメラで追っていった写真集である。

ざらざらした、荒い、白黒の写真が、陰惨な事件の姿をよく伝えている。

四人の女が、続けて、殺された。

その四人の写真も、載っている。もちろん、犯人はまだ逮捕されていないし、顔も、わからない。

(どうして、この事件に、佐野は、興味を持ったのだろうか?)

すでに、何回も考えた疑問を、また、頭に浮べてしまう。

若い女を、続けて四人も殺した事件である。誰だって、興味を持つだろう。

しかし、写真集にふさわしい事件とは、思えなかった。

第一、犯人の顔がわからないので、迫力に欠けるのだ。

だが、佐野は、この事件に、並々ならぬ関心を持ち、写真集にした。なぜなのだろうか? しかも、三年前に、である。

その頃、佐野の身に、何か、この連続殺人事件に引きつけられるような出来事が、あったのだろうか?

そこまで考えて、十津川は、写真集を、伏せてしまった。

何かあったとしても、三年前なのだ。それが、今回の事件に、関係があるかどうか、不明だったからである。

次に、十津川は、捜査一課長宛に送られてきた手紙の、コピーを取り出した。

この郡上八幡の消印があった、手紙である。

〈佐野恵一たちの死亡事件は、すでに、終ったことだ。今になって掘り返せば、何人もの人間が傷つくことになる。それを考えて、詰らない捜査は、止めたまえ。

これは、忠告だ〉

十津川は、改めて、その文面を、読み返してみた。

佐野と、小倉由美を、車ごと、御母衣ダムに転落させた本人が、書いて来たものだろうか？

文面を読み返して、最初に感じるのは、文章の静かさだった。

普通なら、「捜査を止めろ！」と、脅迫の調子で、書くだろう。それなのに、事件はすでに、終っているとか、今になって掘り返せば、何人もの人間が、傷つくことになるとか、妙に、説得調なのだ。

最後に、「忠告」という言葉を使っている。最後まで、説得調だということである。

(これを書いた人間は、どんな奴なのだろうか?)

冷静で、自信家かも知れない。

沢山の人間が傷つくというのも、口から出まかせでなく、事実を書いているのではないのか。

佐野と、小倉由美を、殺した犯人が、書いたか、犯人でなければ、二人のことを、よく知っている人間ということになる。

いや、二人のことというより、佐野恵一のことを、よく知っている人間だろう。

それに、なぜ、郡上八幡から投函したかも、謎だった。

郡上八幡に住んでいる人間ということは、まず、考えられないと、十津川は思った。

犯人が、自分の居場所を、警察に教えるようなことはしないだろう。とすれば、手紙の主は、他の場所に住んでいて、わざわざ、郡上八幡までやって来て、この手紙を投函したことになる。

(なぜ、そんな面倒なことをしたのか?)

今回の事件には、奇妙なことが、多過ぎると思う。

佐野恵一と一緒だった本橋やよいが、どうして、小倉由美に代ってしまったのか。

その本橋は、今、何処にいるのか。死んでしまったのか。

この投書だって、奇妙なことには、変りはなかった。

事件の真相が、解明された時、全ての謎が、氷解するのだろうか。

郡上八幡に来ていることは、県警の早川警部には、まだ、伝えてない。何かわかれば、それを伝えたいのだが、まだ、何もわかっていないのだ。

夜おそくなって、東京の亀井刑事から、電話が入った。

「そちらは、どんな具合ですか？」

と、亀井が、きく。

「小倉由美の妹のさやかに会ったよ。これから、姉と一緒にやってきた喫茶店を、ひとりで続けていくといっている」

「健気ですね」

「カメさんなら、そういうと思っていたよ」

「郡上八幡の町は、変っていませんか？」

「カメさんと来たときよりも、暖かくなっている。当り前だがね」

「あの際は、泊らないで、帰京してしまったから、一度、ゆっくりしたいですね」

「今度の事件が、解決したら、カメさんと、ゆっくり来たいね。夏の祭りの時が、いいな」

「そうですね。郡上踊りを見たいですね」

「この旅館の仲居さんなんかは、もう、夏の祭りに備えて、時々、集って、踊りを練習しているらしいよ」

「あんまり、音が、聞こえて来ませんね」

と、亀井が、いう。

「ああ、静かだよ。車の音も、人の声も、聞こえて来ない。これが、夏の郡上踊りの時になると、十倍にも二十倍にも、人間が、増えるんだそうだ」

「そして、事件が、起きたわけですね」

と、亀井は、いった。

一瞬、十津川は、眼を宙に泳がせた。今日、この町を少し歩いて、静かだと、思った。車の数も、人の数も、少い。

それが、夏の祭りの時には、何十万という観光客が、押し寄せるのだという。その喧騒と、熱気を、想像することが、出来ないのだ。

「佐野恵一のことで、何かわかったか？」

と、今度は、十津川の方から、きいた。

「彼が、両親に対して、強い反発を感じていたことを、カメラマン仲間が、話してくれました。理由はわからないが、憎んでいたみたいだと、いっています」

「確か、二十歳前から、家を出て、ひとりで生活していたんだったね」

「高校も、全寮制ですから、高校一年のときから、家を出ていたわけです」

「父親の職業に対する反発かね？」

「その点は、まだわかりません」

と、亀井はいい、それで、電話は終った。

翌日、旅館で朝食をすませると、十津川は、カメラを持って外出した。カメラは、相手を警戒させないための小道具みたいなものだった。

狭い道を、ゆっくりと、歩く。車が、すれ違えないほどの道でも、見ていると、何とか、お互いにゆずり合って、走り抜けていく。

見事なものだと、十津川は、感心した。そういえば、地元の室井刑事が、町の中に、信号機が少いのは、小さな町で、運転している人間同士が知り合いで、信号がなくても、適当にゆずり合って、スムーズに動けるからだ、と言っていたのを思い出した。

十津川は、郡上八幡城を、遠くから、写真に撮り、湧き水で有名な宗祇水《そうぎすい》に行き、備えつけてある柄杓《ひしやく》で、水を飲んだ。

町の中には、いくつか泉があり、水の良さは、郡上八幡の自慢だが、その中でも、宗祇水は、一番有名なのだ。

昔、連歌師の宗祇が、この近くに、草庵を結んで、ここの清水を愛したことから、宗祇水の名前がついたとある。

宗祇が連歌師だったので、傍に、宗祇ポストという、短歌、俳句の投稿箱があった。観光客の投稿も歓迎、とあった。

この近くの路地に入っていくと、細い水路に、鯉や、やまめが、泳いでいたりする。

昼近くなったので、十津川は、さやかの「ぐじょう」に、顔を出した。

コーヒーと、サンドウィッチを注文する。

さやかの顔色が、青白かった。何となく、十津川の顔を見ないようにしている感じでもある。

十津川は、すぐには、理由を聞かず、店の奥で、サンドウィッチをつまみながら、それとなく、さやかの様子を、眺めていた。

地元の青年らしいのが、入って来て、カウンターに腰を下し、コーヒーを飲みながら、さやかに、話しかけるのだが、彼女は、生返事しかしない。やはり何か、変だった。

その青年も、面白くないと見えて、コーヒーを飲み終ると、すぐ、出て行ってしまった。

急に、雨音がした。

さっきまで晴れていたのに、通り雨である。

雨の多いところなのだ。声をあげながら、観光客らしい若い女の二人連れが、飛び込んできた。

サンドウィッチを食べ終った十津川は、店の中で売っている人形を、五体ほど手に取って、カウンターに持って行った。郡上踊りの人形だった。

郡上踊りには、いくつかの形があるのだが、その踊りの一つずつを形にした人形だった。

「これを欲しいんだ」

と、十津川は、さやかに、いった。

彼女が、一体ずつ、包装している間に、十津川は、手帳を破いた。それに、

〈心配ごとがあるのなら、相談にのります。電話して下さい〉

と、携帯の番号も書いた。それを、人形の料金と一緒に、さやかに、渡した。

店を出ると、また、十津川は、ぶらぶら、町の中を散策した。

この郡上八幡の町の空気みたいなものを、感じ取りたかったのだ。

観光客がかたまっているので、何だろうと思って、のぞいてみると、民芸館とあった。料金を払って、入ってみると、何のこともない。昔の農器具が、ただ並べてあるだけだったりした。

郡上八幡名物の菓子店や、美濃紙の店を、のぞいたりしていると、十津川の携帯が、鳴った。

脇道に入って、

「もし、もし」

と、いうと、

「小倉さやかです」

と、押し殺した女の声が、いった。

「心配ごとのことですか？」

十津川が、きいた。

「怖いんです」

と、さやかが、いう。

「何か、あったんですか？」

「昨日の夜ですけど――」

「ええ」

「男の人から電話があったんです。姉さんのことで、警察に、つまらないことを話すな。黙っていろって」

「声に、覚えがありましたか？」

「いいえ、ぜんぜん」

「警察に話すなって、いったんですね？」

「はい」

昨日、十津川は、あの店に行っている。誰かに、監視されていたのだろうか？ 監視していて、十津川を刑事と知って、さやかに警告したのか。それとも、警察全般に、何もいうなということなのか。

「どうしたら、いいでしょう？」

と、さやかが、きく。

「お姉さんのことで、何か知っているんですか？ 佐野カメラマンと、一緒に死んだことで、何か、知っているんですか？」

と、十津川は、きいた。

「何も知らないんです。本当です」

と、さやかが、いう。

「それなら、普通にしていらっしゃい。大丈夫ですよ」

と、十津川は、いった。

電話が切れたあと、十津川は、郡上八幡署に行き、早川警部に会った。さやかのことが、心配だったからである。

昨日から来ていることを告げてから、

「小倉由美の妹のさやかのことなんですが、今日、店へ行ったら、顔色が悪いんです。理由を聞いたら、電話で脅かされたそうなんです。男の声で、姉のことで警察に何か喋るな、とです」

「犯人の脅しですかね？」

早川は、身を乗り出すようにして、きく。

「かも知れません」

「彼女は、事件について、何か知っているんですかね？　私には、何もいわなかったんだが」

「私にも、何も知らないといっていました。それなら、心配することはないと、いったんですが、万一のことがあってはいけないと思って、早川さんに、お話ししたんです」

「彼女の身辺に気をつけましょう」

と、早川は、いってから、

「肝心の事件ですが、聞き込みを続けています。しかし、これといった有力な目撃情報もないのですよ。何しろ、去年の八月の事件ですからねえ。十津川さんの方は、どうですか?」

「私の方も、これといった進展はありません。それで、去年の郡上踊りのビデオがあったら、見たいと思っているんですが」

と、十津川は、いった。

「それなら、こちらで、調べてみますよ」

と、早川は、約束してくれた。

4

田中屋旅館に戻り、部屋で、買って来た人形を、テーブルの上に並べていると、お茶を運んでくれた仲居が、

「ああ、郡上踊りですね」

と、微笑した。

「私なんかには、みんな同じポーズに見えるんだが、違うらしいね」

「そうですよ」

と、仲居は肯き、人形の一つ一つを、指さして、

「これは、かわさき、これは、春駒、これは、やっちく、次は、三百――」

と、踊りの名前を教えてくれた。

「いつか、実際に、踊って見せて欲しいな」

十津川が、いうと、仲居は、

「そうそう、ビデオを撮っている知り合いが、いました」

「去年のビデオかな？」

「去年のがよければ、それを、借りてきますね」

と、仲居は、いった。

夕食の時に、彼女は、そのビデオテープを、持って来てくれた。

「素人が撮ったんで、よく撮れてないかも知れませんけど」

「ありがとう」

と、十津川は、礼をいった。

夕食のあとで、十津川は、そのテープをかけてみた。

通りに、お囃子の屋台が出て、それを囲んで、踊りの輪が出来ている。

揃いのゆかた姿で、上手に踊っているのは、地元の人たちだろう。その外で、ぎこちなく踊っているのは、観光客か。

少しずつ、踊りの形を変えながら、延々と、踊り続けていく。

途中で、雨が降り出しても、踊りの輪は、崩れない。

雨が止み、月が出てくる。まだ、踊っている。その熱気が、伝わってくる。

十津川は、踊りの輪の中や、見物人の中に、佐野恵一、本橋やよい、それに、小倉由美の姿を見つけようとしたが、テープを、何度繰り返し見ても、三人は、映っていなかった。

それは、他のビデオテープに期待するより、仕方がないようだ。

布団を敷きに来た仲居が、

「どうでした？」

と、きいた。

「郡上踊りの熱気は伝わってきたよ。あなたも、映っていた」

と、十津川は、いった。

「下手だったでしょう?」

「いや、なかなかのものだったよ」

と、十津川は、賞めた。

仲居は、布団を敷きおわると、枕元に、小さな絵を置いた。鶴の絵と、武者行列の絵だった。

「何だい？」

と、十津川がきくと、仲居は、

「これを飾っておくと、よく眠れるし、いい夢を見られるんです」

と、いう。

「何処かで見たな、その絵は」

「美濃紙を売ってるお店でしょう」

「そうだ。あそこで、見たんだ」

「お客さんは、昨夜も、おそくまで、起きていらっしゃったみたいだから。笑っていらっしゃいますけど、ご利益があるんですよ」

と、仲居は、真顔でいう。

「この部屋には、本橋やよいが泊り、隣りには、佐野カメラマンが、去年の八月に、泊ったんだったね？」

と、十津川は、きいた。

「ええ、そうです」

「その二人にも、この絵を、枕元に飾ってやったの？」

と、十津川は、きいた。

「ええ。お二人とも、何か、ご機嫌が悪くて、いらいらしていらっしゃるみたいでしたから」

と、仲居は、いった。

「二人とも、いらいらしていたんだね？」

「ええ」

「なぜだろう？　本橋やよいをモデルにして、郡上の祭りを撮りに来ていたんだろうが、それが、上手くいかなかったのかな？」

「そういうことは、私には、わかりません」

「しかし、二人とも、いらいらしていたことは間違いないんだね？」

「ええ」

「二人で、何か、怒鳴り合っていなかったかね？」

「そうですねえ」

と、仲居は、ちょっと考えてから、

「最初は、お二人とも、ニコニコしていらっしゃったんですよ。本橋やよいさんも、その時、色紙をお願いしたら、ニコニコしながら、書いて下さったんですよ。それが、二日目から、急に、ご機嫌が悪くなって、カメラマンの人と、怒鳴り合ったりするように、なったんです」

「どんな怒鳴り方だった？」

「それは、わかりませんけど、ケンカをなさっていらっしゃいました。ですから、これと同じ絵を――」

と、仲居は、いった。

どうやら、二人の間に、何かあったらしいことは、わかってきた。

それが、単なる、モデルの女優のわがままのためとか、カメラマンの注文がきついので、モデルが怒ったとかなら、事件に結びついて来そうもない。

しかし、もし、事件に関係していたのなら、二人のいさかいの内容を知りたい。

仲居が退がったあと、十津川は、布団の上に、腹這いになり、彼女が置いていった絵を、眺めた。

ハガキ大の二枚の絵が、くっついていて、屏風のように、立ててある。

右側の絵が、武者行列で、左が、鶴の絵である。

こんなものに、ご利益があるのだろうか。今流にいえば、いやしになるのだろう。

いつの間にか、十津川は眠ってしまった。その絵のおかげか、夢を見た。が、楽しい夢というわけにはいかなかった。

小倉さやかが、顔の無い男に追われ、十津川が、それを助けようとするのだが、いくら駈けても、犯人に追いつけない。嫌な夢だった。

翌朝、朝食をすませると、すぐ、喫茶店「ぐじょう」に行ってみた。

店は開いていて、さやかも、カウンターの中にいて、十津川は、ほっとした。

モーニングサービスを頼む客が数人、入っていた。

十津川は、コーヒーだけを、注文した。それとなく、さやかの表情を見つめた。

口数が少いものの、昨日のような怯えの色はなかった。

午前十一時近くになると、いかにも、刑事という感じの二人の男が、入ってきた。どうやら、県警の刑事らしい。早川警部が、心配して、寄越したのだろう。

二人も、他の客にならって、モーニングサービスのトースト、コーヒー、目玉焼きの三点セットを、注文していた。

彼等は、十津川には気付かぬ様子で、一人が、携帯をかけている。早川警部に、報告しているのだろうか。

十津川は、煙草に火をつけて、さやかに、眼をやった。

(彼女なら、去年の祭りのとき、姉と、佐野をビデオで撮っているかも知れないな)

と、思った。

ただ、ビデオの話を、いつ、彼女にしたらいいか、それが問題だなと、十津川は考えた。

さやかは、電話で、脅かされている。姉のことで警察に何も話すな、とである。

犯人は、彼女を、見張っているかも知れない。そんな時、十津川が、去年の郡上踊りのビデオテープを持っていたら見せてくれと頼むのは、危険かも知れない。

他人の動きも気になるが、さやかの態度も、気になった。ビデオを撮っていても、十津川には見せたくないと、いうかも知れないのだ。

十津川は、煙草を消すと、店を出た。

そのまま、吉田川の岸まで歩いて行き、そこから、携帯で、「ぐじょう」に電話した。

さやかが、電話口に出た。

「十津川です」

と、いうと、

「はい」

と、押し殺した声で、彼女が答える。

「その後、脅迫電話は、かかって来ませんか?」

と、十津川は、きいた。

「ありません」

さやかが、短く答える。

「これから聞くことには、はいか、いいえで答えて下さい。去年の郡上祭りのとき、お姉さんが踊るのを、ビデオで、撮りましたか?」

「はい」

「そのビデオを、ぜひ、見せて貰いたいんですが、いいですか?」

「はい」

「ただ、それを、どうやって借りたらいいのかな。今、そこにあるんですか?」

「いいえ」

「では、明日、店に、持って来ておいて下さい」

「はい」

「では、明日、店へ行きます」

「はい」

「では、気をつけて」

「はい」

電話を切ると、十津川は、田中屋旅館に向って、歩き出した。

また、急に、雨が降ってきた。

今日は、寒くないし、小雨だった。十津川は、ぬれて歩きながら、小声で口ずさんだ。

〈郡上の八幡出てゆくときは
雨も降らぬに袖しぼる〉

第四章　ビデオの男

1

十津川は、去年の八月の郡上八幡の祭りを撮ったビデオを、集め続けた。

郡上八幡に来てから、すでに十二本のビデオに、眼を通している。

町の広報室が撮ったものを見たし、商店街組合が撮ったものも見ている。

その他、町民個人が撮ったものも、である。だが、そこに、十津川が期待しているものは、映っていなかった。

正直にいうと、十津川自身、自分が郡上祭りのビデオで、何を探しているのか、はっきりわかっていなかった。

事件捜査の参考になる映像を見たいのだ。ただ、それが、どんな映像なのか、十津川自身にも、はっきりしていないのである。

今まで、全て、失望してきたから、十津川は、さやかのビデオに期待して、翌日、もう一度、彼女の喫茶店「ぐじょう」を訪ねた。

さやかはもう来ていて、客も二人ほどいる。二人とも、地元の若者らしく、モーニングサービスのセットをとっていた。

十津川は、カウンターに腰を下して、コーヒーを注文したが、さやかが、右手の人差指に、包帯を巻いているのに気がついた。昨日は、なかったものである。

「怪我をしたんですか？」

と、十津川がきくと、さやかは、小さく笑って、

「昨日、マンションに帰ったら、部屋が、めちゃめちゃになっていて、それを片付けていて、指を切っちゃったんです」

と、いう。

「警察にいいましたか？」

「ええ、一応、いいました」

「何か盗られたものが、ありましたか？」

「それがないみたいなんで、気味が、悪いんです」

「ビデオは？　去年の郡上祭りのビデオテープは、大丈夫ですか？」

と、十津川は、きいた。

さやかは、ニッコリして、

「それは、大丈夫です。マンションの方には置いてなくて、この店に、あったんです」

と、いい、背後の棚から、花を生《い》けてない花びんを持って来ると、その中から、8ミリテープを取り出して、十津川に渡した。

十津川は、首をかしげて、

「昨日は、ビデオテープは店にはないと、いってたじゃありませんか」

「私の勘違いだったんです。すいません」

と、さやかは、いう。

本当に、勘違いしていたのかどうか、十津川には、わからなかった。

とにかく、テープが手に入ったので、それを持って、十津川は、郡上八幡の捜査本部に廻った。

そこで、8ミリテープを再生して、一刻も早く見たかったからである。

幸い、捜査本部には、8ミリのビデオテープを再生するビデオデッキがあった。

十津川は、県警の刑事たちと一緒に、ビデオを見た。

最初、町役場の広報が撮ったビデオと同じシーンが、映し出された。

町の中心に、屋台が出て、その周囲で、人々が踊る姿である。

その中《うち》に、カメラは、姉の由美の姿を追って行く。

月が出ているから、雨が止んだあとだろう。

カメラが、踊りを見物している観光客たちの姿を捕える。

それから、カメラはパンして、二人の姿に、焦点をあてた。

そこに、ゆかた姿の佐野恵一と、小倉由美が、並んで立っていた。

「佐野恵一と、小倉由美だ」

と、県警の刑事の一人が、声を出した。

「女優の本橋やよいは、何処にいるんだ？」

「踊りの輪の中に入ってるんじゃないのか」

他の刑事たちが、勝手に喋る。

画面では、ゆかた姿の由美が、佐野の傍を離れて、踊りの輪の中に入って行った。

佐野は、その由美に向って、カメラを向ける。

本橋やよいは、とうとう、さやかのビデオの中には、出て来なかった。

「もう一回、見たいな」

と、十津川は、いった。

巻き戻して、再生が、行われた。

途中で、ふいに、十津川が、

「止めて下さい」

と、ビデオデッキを操作している若い刑事に、声をかけた。

画面には、観光客の姿が映っていて、佐野恵一の姿も、小倉由美の姿も、映っていない。

「ここでいいんですか？」

と、刑事が、きく。

「その右の方に映っている男」

と、十津川は、いった。

「その男が、どうかしたんですか？」

他の刑事が、きく。

「スローにして下さい」

と、十津川。

画面が、スローモーションで、動き出す。

「よく見て下さい。他の観光客の眼が、一斉に、左を向いているのに、あの男だけは、右側を見ています」

と、十津川は、いった。

彼のいう通りなのだ。三十歳前後のその男一人が、右を見ていた。

カメラは、パンして、ゆかた姿の佐野恵一と、小倉由美を映し出す。

十津川は、そこで、また、画面を止めて貰った。

「カメラは、明らかに、右にパンしているんです。妙な男が、見ている方向にです」

と、十津川は、いった。

「ひょっとすると、男は、佐野恵一と、小倉由美の二人を見ていたかも知れませんね」

県警の刑事の一人が、いった。

「その可能性が、あります」

と、十津川は、いった。

早川警部は、考え込んで、

「それは、この男が、二人を殺した犯人かも知れないということですか？」

と、十津川に、きいた。

「その点は、わかりません」

「すぐ、あの男の部分だけ、プリントしてくれ」

と、早川は、部下の刑事に命じた。

二十分ほどして、数枚のプリントが、出来あがった。

早川は、それを、黒板にとめていった。

確かに、奇妙な写真だった。

観光客全部が、左の方を見ているのに、その男だけが、逆の右の方向を見つめているのだ。

その男の、顔の部分を大写しにしたプリントもあった。

その男が、何を見つめていたかは、わからない。

ただ、カメラは、右に向って、パンしたのだ。つまり、男の見ている方向にである。

そして、そこに、ゆかた姿の佐野恵一と、小倉由美が、映し出されたのだ。

もちろん、男が、二人を見ていたという証拠はない。だが、二人を見ていたという可能性もあるのだ。

「年齢は、三十過ぎくらいだな。身長一七五、六センチ。やせ形だ」

早川警部が、写真を見ながら、いう。

「郡上八幡の人間じゃありませんね。観光客です」

と、刑事の一人が、いった。

「容疑者が、やっと一人、浮んで来ましたね」

早川が、十津川に向って、いった。

「しかし、この男が、何者なのか、特定するのは、難しいでしょうね」

と、十津川は、いった。

早川は、肯いて、

「何しろ、郡上踊りの時は、外から、何十万という観光客が、やって来ますからね。それに、町の旅館には、収容しきれないから、車でやってきたり、高山あたりに泊って、踊りを見に来る客も多いんです。だから、旅館に問い合せても、わからないかも知れません」

と、いった。

確かに、この男について調べるのすら難しいだろうと、十津川も、思った。

2

十津川は、喫茶店「ぐじょう」に、戻った。

また、コーヒーを頼んでから、さやかに、

「あの8ミリテープは、もう少しの間、貸しておいて下さい」

と、いった。

「それは、構いませんけど」

「あのビデオテープは、あなたが自分で、撮ったんでしょうね？」

「ええ」

と、さやかが、肯く。

「その日のことを、覚えていますか？」

「あれは、去年の八月十五日の夜、撮ったんです」

「それは、わかります。佐野恵一は、女優の本橋やよいを連れて、十三日にやって来て、十七日まで郡上八幡にいたんです。十三日から十四日までのビデオは、町の広報が撮ったもので見ました。それには佐野恵一は、本橋やよいと一緒に映っているんです。それが、あなたのビデオには、あなたのお姉さんと一緒に、映っている」

「ええ。そうでした」

と、さやかが、肯く。

「あなたが撮ったビデオには、この男も、映っているんです」

十津川は、問題の三十男の写真を、さやかに、見せた。

「この人が、どうしたんですか？」

と、さやかが、きいた。

「この画面を、よく見て下さい。他の観光客が、全員、左の方を見ているのに、この男ひとりが、右の方を見ているんです」

「ええ。変ですわね」

「この画面を、覚えていませんか？」

「私は、姉を探していたんで――」

「このあと、カメラは、右にパンして、お姉さんと、佐野恵一を捕えているんです。ゆかた姿の二人をです」

「ええ」

と、さやかは、肯いてから、

「少しずつ、思い出しました。そのあと、姉が、踊りの輪の中に入って行ったんです」

「それを、佐野が、カメラで撮っていた。それも、あなたのビデオテープに映っています」

「この男の人のことも、少し思い出しましたわ。変な人だなと思ったのを、覚えていますけど、姉が、佐野さんと一緒にいるのを見つけて、そっちに、夢中になってしまったんです」

と、さやかは、いう。

「男が、二人を見ていたとは、思いませんか？」

「さあ」

「彼だけ、右の方を見ていた」

「ええ」

「あなたのカメラも、右にパンして、お姉さんと、佐野恵一の二人を見つけている」

「ええ。でも、右に、カメラを向けたのは、偶然なんです」

と、さやかは、いう。

「この男が、店に来たことは、ありませんか？」

十津川がきくと、さやかは、びっくりした顔になって、

「いいえ。一度も――」

と、いった。

十津川は、コーヒーを飲み終ると、田中屋旅館に戻った。

彼は、仲居にも、男の写真を見せた。

「この男が、泊りに来たことは、ありませんか？」

「さあ」

と、仲居は、首をかしげてから、

「他の人にも聞いて来ますよ」

といい、写真を持って、部屋を出て行った。

しばらくして、戻って来ると、

「誰も、見たことがありませんって。だから、うちに泊ったことはない人ですよ」

「泊ってないか――」

「この人が、どうかしたんですか？」

と、仲居が、きく。

「何処の誰か、知りたいんですがねえ」

「扇屋さんて、知っています？」

「いや。ここの旅館ですか？」

「駅の近くにあるカメラ屋さんです。フィルムも、売ってるんです」

「それが、どうしたんです？」

「写真をよく見ると、男の人は、ウチワを持っているでしょう」

と、仲居は、いう。

「ええ。でも、みんな、ウチワを持っているみたいだけど」

「男の人のウチワには、扇カメラ店と、書いてあります」

「扇という字しか、見えないけど——」

「この町で、扇という字がつくのは、駅前の扇カメラ店しかないんです。この男の人は、この日、扇カメラ店に寄って、何か買って、ウチワを貰ったのかも知れませんわ」

と、仲居は、いった。

「ありがとう」

と、十津川は、いった。

「扇カメラ店へ行ってみる。自転車を貸してくれませんか」

「スクーターがありますよ」

と、仲居は、いった。

何年かぶりに、スクーターに乗って、十津川は、郡上八幡駅に向った。

なるほど、駅前に、「扇カメラ店」の看板が出た店があった。

小さなカメラ店である。

六十歳くらいの男が、ひとりで店番をして、申しわけ程度のカメラが並べてあるが、フィルムと、あとは、DPEで、稼いでいるのだろう。

十津川は、ここでは、最初から、警察手帳を、相手に見せた。

それから、持って来た写真を示して、

「去年の八月の郡上踊りの時に、この男が、店に来たと思うんですがね。この店のウチワを持っているから」

と、きいた。

店の主人は、じっと、写真を見ていたが、

「思い出しました。確かに去年の祭りの時、うちに見えましたよ」

と、いった。

「それで?」

「カラーフィルムを一本、買ったんですけどね。カメラを持っていなかったから、変だなと思ったんです。だから、何か、私に聞くために、買ったんじゃないかと――」

「それで、男は、何か、聞いたんですか?」

と、十津川は、きいた。

「佐野というカメラマンが、来ているだろうと、聞かれましたよ。そのカメラマンが、郡上踊りを撮りに来ていることは、聞いていたので、来てますよと、いいました」

「それだけ?」

「そしたら、今、何処で、撮影しているかと聞くんで、それは、わからないと、いいましたよ。そしたら、うちのウチワを持って、出て行ったんです」

「それは、八月十五日ですね？」

「ええ。確か、十五日の午後二時頃でしたよ」

と、店の主人は、答えた。

「女優の本橋やよいのことは、聞いていませんでしたか？」

「いや、聞かれませんでしたよ」

「では、この町の小倉由美という女性のことは、どうです？」

「その人は、ダムで、死んでいた女性でしょう？」

「そうです」

「写真の男の人は、佐野というカメラマンのことしか聞きませんでしたよ」

と、店の主人は、いった。

「男の様子は、どうでした？」

と、十津川は、きいた。

「どうといいますと？」

「落ち着いていたとか、逆に、興奮していたとかですがね」

「それなら、落ち着いていましたよ。ただ、顔色は悪かったな」

「彼は、電車を降りて、やって来たのか、それとも、車で来たのか、わかりますか？」

十津川は、最後に、きいてみた。

「それは、わかりませんね。とにかく、あの日は、道路には、車が、あふれてましたから」

と、店の主人は、いった。

3

十津川は、田中屋旅館に戻ると、東京の亀井に、電話をかけた。

「男の写真は、届いたか？」

「郡上八幡署から、送って来ましたが、どういう男なんですか？」

と、亀井が、きいた。

「何処の誰かも、全く、わかっていない。ただ、この男が、八月十五日に、郡上八幡にやって来て、郡上祭りを見ていたことは、間違いないんだ」

「佐野恵一との関係は、なんですか？」

「十五日の午後二時頃、カメラ店に来て、佐野のことを、店主に聞いている。だから、佐野に何か用があって、郡上八幡に来たことは、間違いないんだ。ただ、佐野と、小倉由美を殺した犯人かどうかは、まだ、わかっていない」

と、十津川は、いった。

「それで、私には、何をしろと？」

「その写真の男と、佐野恵一と、どんな関係があるのか、調べて貰いたいんだよ。君には、今、佐野のことを調べて貰っているから、その過程で、その男が、浮んで来ないかどうかだ」

「早速、西本刑事たちに、男の写真を持たせて、聞き込みに廻らせます」

と、亀井は、いった。

「私は、あと、二、三日、こちらにいる。調べたいことがあるんでね」

と、十津川は、いった。

捜査一課長宛の脅迫状は、この郡上八幡で、投函されているし、小倉さやかも、脅され、マンションの部屋を、荒らされた。

それに、去年の八月十五日に、妙な三十男が、佐野恵一を探して、郡上踊りの夜を、歩き廻っていたのだ。

そう考えると、事件は、今も、この郡上八幡で続いている気がするのである。

旅館での夕食のあと、十津川が、休んでいると、早川警部から電話が入った。

「念のために、ここの旅館全部を当ってみましたが、去年の八月の祭りの時、写真の男が泊った形跡は、ありませんでした。一応、お知らせします」

と、早川は、いった。

十津川も、扇カメラ店で聞いたことを、早川に知らせた。

「やっぱり、この男は、祭りの時、佐野恵一と小倉由美を、見つめていたんですね」

早川の声は、満足そうに、聞こえた。

「いや、男が、関心を持っていたのは、佐野恵一の方だけだったらしいのです」

「しかし、佐野恵一と一緒に、小倉由美も殺されたんですよ。なぜ、関心のない女まで殺すんですか？」

「その点は、わかりません。今のところ、この男が、犯人だという証拠はないんですから」

十津川は、慎重に、いった。

「もし、この男が犯人だとすると、彼は、佐野恵一に用があって、郡上八幡にやって来た。ところが、小倉由美が一緒にいるので、面倒くさくなって、二人とも、御母衣ダムに、車ごと、沈めてしまったということになるんですか？」

「その通りです。今、東京に電話して、佐野と、この男との関係を調べさせることにしました。どんな関係かわかれば、事件は、解決に向うものと、期待しているんですが」

と、十津川は、いった。

「十津川さんは、この男が、何者だと思いますか？」

早川警部が、きく。

それは、この男が、佐野恵一と小倉由美を殺した犯人だろうかという質問と、同じである。

となると、十津川は、やはり、

「わかりません」

と、答えるより、仕方がなかった。

やっと、一人だけ、浮んできた容疑者だから、刑事としては、この男が、犯人であって欲しいのだ。

だが、先入観を持って捜査することの危険も、十津川は、知っていた。そのために、誤認逮捕になってしまったことが、あったからである。

「わかりませんか――」

早川は、がっかりしたようにいい、電話を切ってしまった。

十津川は、布団に入ってからも、しばらくの間、問題の男の写真を見つめていた。

（犯人かも知れぬ男）

だから、熱心に見ている。それだけではなかった。

男の顔に、何ともいえない暗いかげりがあって、それが、十津川を引きつけるのだ。

見続けていると、一層、男の暗さは、底無しのように思えてくる。


〈陰惨〉

という言葉が、十津川の頭を、よぎる。

〈怨念〉


という言葉も、浮んできた。

そんな言葉が、いくつも、後から後から、浮んでくる感じがするのだ。

いったい、この男は、どんな過去を持っているのだろうかと、十津川は、考えてしまう。

子供の時に、親から、性的な虐待を受けたのだろうか？

それとも、女に裏切られたのか。ともかく、この男は、ある人間か、それとも社会を、恨み続けて、今日まで生きてきたに違いない。

そのうちに、男の写真を見ているのが辛くなり、十津川は、写真を置いて、起き上った。

板の間の座椅子に腰を下し、十津川は、煙草に火をつけた。

ゆっくりと、煙を吐きながら、考えをまとめようと努めた。

男は、去年の八月十五日の午後、郡上八幡にやって来て、佐野恵一を探した。

郡上八幡には、泊っていないから、列車か、車で、当日にやって来たのだろう。

彼は、駅前の扇カメラ店で、佐野恵一が、今、何処で、撮影しているかと、聞いた。

つまり、佐野が、カメラマンであることも、彼が仕事で、郡上八幡に来ていることも、知っていたということである。

男は、扇カメラ店の主人に、佐野のことを聞く前に、カラーフィルムを、一本買っている。

カメラは、持っていなかったというし、ビデオの中でも、男は、カメラは持っていなかったから、フィルムは、店主に、佐野のことを聞くために、それだけでは申しわけないので、買ったということなのだろうか。

十津川も、旅行先などで道を聞くとき、申しわけなくて、要らないものを買ってしまったりする。

十津川は、煙草を吸うので、昔は、道を聞くのに、煙草屋に寄った。それなら、必要なものを買うので良かったのだが、今は、自動販売機になってしまったので、ついでに道を聞くことが、出来なくなった。

何かを、ついでに買うというのは、多分、気の弱さだろう。

この男も、それで、カラーフィルムを、買ったのだろうか？

そんな、繊細さを持っているのだろうか？

十津川は、小さく、首を横に振った。

（違う！）

と、思う。

この男の写真を見つめたときに感じた陰惨さ、冷酷さは、繊細さや、優しさ、或いは、気の弱さと、そぐわないのだ。

それとも、この男の冷酷さの底に、妙な礼儀正しさが、隠されているのだろうか？

ふと、雨音が、聞こえた。

窓を開けると、庭の常夜灯の明りの中に、雨滴が、白く光って見えた。

その向うに、闇が、広がっている。

雨は、激しくもならず、止むこともなく、降り続く。

十津川は、二本目の煙草に火をつけ、闇を見つめた。

写真の男は、何者なのだろう。

佐野恵一と、小倉由美を、殺したのだろうか？

殺したのなら、動機は、何なのだろう。

そして、今、彼は、何処にいるのだろうか？

もちろん、答えは、返って来なかった。

4

翌日、朝食をすませてから、十津川は、また、喫茶店「ぐじょう」に、出かけた。

コーヒーを飲んでいると、県警の早川警部が、入ってきた。

「ここだと思いました」

と、微笑する。

早川も、コーヒーを注文してから、

「例のビデオの男ですが」

と、急に、声を落した。

「何かわかりましたか？」

十津川が、きくと、早川は、コーヒーをひと口飲んでから、カウンターの奥にいるさやかに、眼をやった。

「彼女のマンションの部屋が、何者かに荒らされたのを、知っていますか？」

「彼女から聞きました」

「実は、彼女のマンション周辺で、聞き込みをやったんですが、あの男と思われる人間を見たという目撃者が、見つかったんです」

「本当ですか？」

「四月九日の午後七時半頃です」

「四月九日というと、私が、彼女に、ビデオのことを聞いた日だ」

「午後七時半というと、まだ、この店が、やっている時間です。九時まで、やっていますから。その時間を狙って、男は、彼女の部屋に忍び込んだんだと、思いますよ」

と、早川は、いった。

「男は、去年の八月の祭りの夜に、自分が、ビデオカメラで、映されたのを知っていたんだと思います。撮ったのが、地元の若い女だということもです」

「だが、今まで、そのビデオテープを探そうとしなかったのは、なぜですかね？」

「佐野恵一と、小倉由美の死体が、発見されなかったからでしょう。発見されて、警察が、去年の夏のビデオを、調べ始めたので、あわてたんです」

と、十津川は、いった。

「事件のことを、調べるなという手紙を、ここから、警視庁に送ったのも、この男ですかね？」

と、早川が、きく。

十津川は、その手紙のコピーを取り出して、テーブルに広げて、

「正確には、ごらんのように、『今になって掘り返せば、何人もの人間が傷つくことになる。それを考えて、詰らない捜査は、止めたまえ。これは、忠告だ』と、いうものなんです」

「脅迫ですね」

「手紙の主は、忠告だと、書いています」

「何人もの人間が、傷つくというのは、どういう意味ですかね？」

「殺された佐野恵一の父親は、警視総監です。多分、そのことを、いっているんだと、思うんですが」

と、十津川は、いってから、

「早川さんのいわれるように、手紙の主は、ビデオの男ではないかと、私も、思います」

「しかし、わかりませんねえ」

と、早川が、いう。

「何がですか？」

「こんな手紙を、なぜ、警視庁に送りつけたかということなんですよ。これで、警察が捜査を止めるとは、犯人だって、思っていないんじゃありませんかねえ。それなのに、この手紙を送りつけている。本当の目的は、何なんでしょうか？」

と、早川が、いった。

「挑戦かも知れません」

「警察に対する挑戦ですか」

「今は、そうじゃないかと、思っています」

「しかし――」

と、まだ、早川は、首をかしげていた。

「わかりますよ。男の行動が、よくわからないというのでしょう」

と、十津川は、いった。

「そうなんです。警察に対する挑戦なら、もっと激しい言葉を書くんじゃありませんかね。それに、なぜ、わざわざ、この郡上八幡から投函したんでしょうか？　ここに、警察の注目を集めたら、犯人にとって、マイナスでしょうに」

「その通りです」

十津川は肯いた。が、十津川にも、その答えは、まだ、見つかっていないのだ。

早川が、帰って行ったあとも、十津川は、「ぐじょう」に、しばらく残っていた。

彼は、カウンター席に移って、さやかに向って、

「マンションには、ひとりで、住んでいるんですか？」

と、きいた。

「ええ。ひとりですけど」

「しばらくの間、誰か、お友だちを一緒に泊めるとか、親戚の家に、泊るようにして貰いたいんですがね」

「どうしてですか？」

「部屋が、荒らされたでしょう」

「ええ。でも、警察に届けましたし、きっと、空巣の仕業で、金目のものは無いとわかったでしょうから、もう、入らないと、思いますけど」

と、さやかは、いう。

「いや、そんな相手じゃないと思いますよ」

と、十津川はいい、あの男の写真を見せて、

「この男が、あなたの部屋に、侵入したと思われるのです。それに、この男は、佐野恵一と、あなたのお姉さんを殺した可能性が、あるんですよ」

「本当なんですか？」

さやかの顔色が、変った。

「証拠はありませんが、去年の八月十五日に、この男が、佐野恵一を探していたことは、間違いないんです」

「じゃあ、そのあと、私が撮ったビデオに、この人が、映っていたんですね」

「そうです。男は、あの夜、佐野カメラマンを、祭りの中で、探していたんです」

「でも、探していただけで、殺したとは、限らないでしょう？」

と、さやかが、きく。

「かも知れませんが、この男が、探していた直後に、二人が、御母衣ダムに、車ごと沈められたことは、間違いないんです」

十津川は、断定するように、いった。

さやかは、黙ってしまった。

「どうしたんです？」

と、十津川は、きいた。

「びっくりしてしまって――」

「そうでしょうね。とにかく、気をつけて頂きたいのです」

と、十津川は、繰り返した。

そのあと、十津川は、外に出ると、携帯を、東京にいる亀井刑事にかけた。

「至急、北条早苗刑事を連れて、郡上八幡に来てくれ」

と、十津川はいった。

「北条君一人でいいんですか？」

亀井が、聞き返した。

「彼女が、いいんだ」

と、十津川は、いった。

その日の午後になって、亀井が、北条《ほうじょう》早苗《さなえ》刑事を連れて、郡上八幡にやって来た。

十津川は、二人を、田中屋旅館にチェック・インさせてから、ロビーで、自分の考えを話した。

「写真の男の正体はわからないが、去年八月の郡上踊りの時、佐野恵一と、小倉由美を、車ごとダムに沈めた犯人だろうと、思っている。もちろん、まだ、証拠はないがね」

「その男ですが、東京でも、調べてみました。佐野恵一の知り合いではないか、ということで、です。しかし、今のところ、佐野の友人、知人の中に、この男は、見つかっておりません」

亀井が、いった。

「ところで、由美の妹のさやかだが、彼女のマンションの部屋が、荒らされていて、同じ日の夕方、マンション近くで、よく似た男が、目撃されているんだよ」

「彼が、小倉さやかの部屋に、忍び込んだということですか？」

「そうだ。自分が、映っているビデオを盗もうとしたのだと、私は、思っている」

「ええ」

「ところで、肝心の小倉さやかの様子が、妙なのだ」

「どんな風に、おかしいんですか？」

早苗が、緊張した表情で、きく。

「肝心のビデオは、彼女の店の花びんの中に、隠してあったので、盗られずにすんだんだが、私が、去年八月の祭りで撮ったビデオテープがあったら、見せて欲しいといったときには、自宅マンションの方にあるので、明日、持って来ると、返事をしているんだ」

「彼女が、思い違いしていたんじゃありません？」

「彼女も、そういったし、私も、そう思ったんだが、ちょっと、おかしいなという気もしているんだよ。８ミリのテープなんだが、彼女は、店の花びんの中に、隠していたんだよ。なぜ、そんなことをしたんだろう？　大事なものだと思って、花びんに隠したのなら、それを、忘れるようなことがあるだろうかと思ったのだ」

「ええ。警部の疑問も、わかります」

「もう一つ、私が心配なのは、あの男が、また、さやかのマンションに侵入しないかということなんだよ」

「彼女に、注意されたんでしょう？」

と、早苗が、きく。

「何処か、親戚の家にでもしばらく泊るか、友人と一緒にいるようにといったんだが、彼女は、一度忍び込んだんだから、もう来ないだろうと、楽観しているんだよ」

「警部は、どの程度危険と、思っていらっしゃるんですか？」

と、亀井が、きいた。

「問題の男の、行動の予測がつかないだけに、不安なんだよ。普通なら、この郡上八幡には、県警の刑事も、われわれ東京の刑事も集って来ているんだから、敬遠する筈なのに、自分が映っているビデオテープを奪いに現われただけでなく、小倉さやかの部屋に、忍び込んだりしている。また、警視庁に送られてきた手紙も、この男が、書いたものだとすれば、それを、わざわざ、郡上八幡に来て、投函しているんだ」

「わざと、危険をおかしているように、見えますね」

「カメさんも、そう思うだろう。だから、次には、小倉さやかの口を封じようとして、もう一度、彼女のマンションに侵入するかも知れないんだ」

と、十津川は、いった。

北条早苗は、微笑して、

「私が呼ばれた理由が、わかりました」

「そうなんだ。しばらくの間、君に、小倉さやかのガードを頼みたいと思っている」

「これから、彼女の店へ行ってみます」

と、早苗は、いう。

「拳銃は、持っているか？」

「持っています」

「相手は、得体の知れない男なんだ。いざとなったら、その拳銃を使え」

と、十津川は、いった。

早苗は、彼から、「ぐじょう」の住所を聞いて、出かけて行った。

ロビーに残った十津川と、亀井は、あの男の写真を間に置いて、議論を進めた。

「この男の顔を見ていると、辛いというか、怖いというか、気が滅入ってくるんです。陰惨な感じですからね」

と、亀井が、いった。

「カメさんも、そう思うか」

「警部もですか」

「確かに、陰惨な感じがする。何かに、復讐しようとしている感じもするんだ」

「その対象が、佐野恵一だったんでしょうか」

「多分ね。この男もだが、今回の事件では、妙なことが多いんだ」

と、十津川は、いった。

「どんなことですか？」

「例えば、警視庁に届けられた手紙のことがある」

「忠告するという、あれですね」

「あれを、私は、警察に対する挑戦状だと、思っているんだよ」

「私も、そう思います」

「ここの早川警部もいっていたんだが、挑戦状なら、もっと、激しい言葉を並べるんじゃないかと、不思議がっているんだよ」

「そうですね。確かに、忠告するというのは、おかしい言葉ですね。妙に、落ち着いている感じです。第一、こんな手紙を出せば、かえって警察が、余計に、捜査に力を入れますからね。犯人には、それが、わからなかったんですかね」

「男が、去年の八月十五日に、この郡上八幡に来たときにも、ちょっと妙なことがあったんだ」

十津川は、扇カメラ店での男の態度について、亀井に、話した。

「男の冷酷な感じには、どうも、合わないんだよ。何も買わずに聞くのは、悪いと思って、カラーフィルムを一本買ったのだとしたら、冷酷さの底に、繊細な神経を持つ人間ということになってくるんだよ」

「そのカラーフィルムが、何か特別のことに使われたのだとしたら、話は、別になって来ますね」

と、亀井が、いった。

「例えば、どんなことにだね？」

「そうですね。殺された佐野恵一は、カメラマンです。男は、佐野に近づくために、買ったカラーフィルムを、利用したということもあるんじゃありませんかね」

「なるほどね。あるかも知れないな」

十津川は、あいまいな肯き方をした。

今の段階で、あれこれ断定するのは、事件の捜査にマイナスだと思うと、自然に、あいまいになってしまうのだ。

しばらくして、十津川の携帯に、早苗が電話をかけてきた。

「何とか、彼女と仲良くなれましたが、今夜、彼女のマンションに、泊れるところまでは、いきませんでした。それで、今夜は、マンションの外で、見張ろうと思います」

と、早苗は、いった。

「わかった。カメさんと一緒にやってくれ」

と、十津川は、いった。

彼は、県警の早川警部にも、電話して、了解を得ておくことにした。

女性の刑事に、小倉さやかのマンションを見張らせるというと、早川は、

「また、同じ犯人が、彼女のマンションに、忍び込むとは、考えられませんがねえ」

と、いった。

「かも知れませんが、私は、何となく、また来るような気がするんです」

「しかし、犯人は、何のために、彼女の部屋に、忍び込むんです？　犯人は、あのビデオの男で、自分が、映されたのを覚えていて、ビデオテープを奪いに、小倉さやかのマンションに、忍び込んだわけです。しかし、奪うことに失敗して、テープは、警察の手に渡った。だからこそ、われわれは、あのビデオの男を必死で、捜査することになったんです。男だって、問題のビデオテープは、警察の手に渡ってしまったことは、わかった筈ですよ。それなのに、彼女の部屋に、もう一度、忍び込むとは、考えられないんですが、十津川さんの心配の理由は、何なんですか？」

早川が、きく。

「強《し》いていえば、あの男の顔です」

「顔が、どうかしたんですか？」

「普通の理屈が通らないような顔をしています」

と、十津川は、いった。

「よくわかりませんが、われわれが、何か協力することは、ありますか？」

早川がきいたが、あまり、熱のないきき方だった。

小倉さやかのマンションに、二度も、男が忍び込む筈はないと、思っているからだろう。

「こちらだけで、十分、やれます」

と、十津川は、答えた。

5

駅前のNレンタカーの営業所で、白のカローラを借り、亀井と、北条早苗の二人が乗って、小倉さやかのマンションに向った。

五階建のマンションである。

東京なら、低い建物だが、この郡上八幡では、高い建物になるだろう。

午後九時四十分頃、さやかが、バイクで、帰って来た。

それを見て、北条早苗は、車からおりて、近づいて行った。

さやかに向って、

「お帰りなさい」

と、声をかける。

さやかは、びっくりした顔で、

「何か、ご用でしょうか？」

「ここの何階にお住みなんですか？」

「五階です。５０６号室ですけど」

「そこまで、ご一緒させて下さい」

「何のためです？」

「念のためです」

と、早苗は、いった。

エレベーターで、五階にあがり、５０６号室に行く。

さやかが、カギを出して、ドアを開ける。

「部屋の中を、調べさせて下さい」

と、早苗は、いった。

彼女が、先に入り、手早く、２ＤＫの部屋を、調べていった。

トイレ、バスルーム、さらにベランダも、調べたが、人のいる気配はなかった。

早苗が調べている間に、さやかは、お茶をいれ、郡上八幡名物の「美濃路」というニッキ入りの菓子を、出してくれた。

「警察の人って、いろいろと、大変なんですね」

さやかは、微笑して、いう。

「市民の命を守るのが、仕事ですから」

「私は、大丈夫ですわ。ビデオテープも、警察に渡してしまっていますから」

「でも、万一ということがあります」

と、早苗は、いい、

「私が出たら、きちんと、ドアにカギをかけて、絶対に、開けないで下さいね」

と、念を押してから、立ち上った。

廊下に出て、錠が下される音を確認してから、早苗は、エレベーターで、下におりた。

車に戻って、亀井に、

「彼女の506号室には、誰もいないのを、確認してきました」

と、報告した。

「このマンションの入口は、そこだけだ。裏口には、錠がおりている」

と、亀井は、いった。

亀井は、腕時計に眼をやる。午後十時を廻っていた。

「静かだな」

「ここは、東京じゃなくて、郡上八幡ですから」

「そうだな。ここは、郡上八幡なんだ」

亀井は、そんなことに、妙に感心した。郡上祭りの時は、賑やかなのだろうが、普段のこの町は、ひっそりと、静かなのだ。

「交代で、休もう」

と、亀井の方からいい出し、先に、彼が眼を閉じた。

「二時間たったら、起こしてくれ」

と、眼を閉じたまま、亀井は、いった。

東京から、駈けつけた疲れが出たのか、亀井は、本当に、眠ってしまった。

軽い、いびきを立てている。

早苗は、そんな亀井の寝顔を見て、つい、笑ってしまった。

それでも、二時間すると、亀井は、しっかりと眼をさまし、今度は、早苗を眠らせた。

午前三時頃、この時間は、早苗が見張りだったが、フロントガラス越しに、マンションの入口を見つめているうちに、急に不安になってきた。

車のドアを開けると、亀井が、気付いて、

「どうしたんだ？」

と、きく。

「何だか、静かすぎる気がして」

「それは、ここが、郡上八幡だからだといったのは、君じゃないか」

「そうなんですけど――」

早苗がいいかけて、ふいに、キッとした顔になって、

「今、何か、物音がしませんでした?」

「ああ、聞こえた。マンションの中だ」

「見て来ます」

「私も行く」

二人は、車からおりると、マンションの中に、駈け込んだ。

エレベーターで、五階にあがる。

五階の廊下に、人の気配はない。

506号室の前に行き、早苗は、インターホンを鳴らしてみた。

眠っているのか、応答はない。

午前三時十二分。眠っていてもおかしくはない時刻だが、早苗は、そう考えて、自分を納得させることはしなかった。

「起こしてしまってもいいだろう」

と、亀井はいい、激しく、ドアを拳で叩いた。

だが、それでも、部屋の中から、返事はなかった。

「おかしいぞ！」

「おかしいです」

と、亀井と、早苗は、顔を見合せた。

早苗が、ドアのノブに手をかけて、回してみたが、ドアは開かなかった。

カギが、かかっているのだ。

管理人も、この時間は、いないだろう。

幸い、ドアは木製だった。亀井は、拳銃を取り出すと、上衣を脱いで、それを、銃身に巻きつけてから、ドアの錠の部分に向けて、一発、二発と、射ち込んだ。

鈍い銃声がして、木製のドアが、破片となって、飛び散った。

三発目に、錠が、こわれた。

二人は、部屋に、飛び込んだ。

血の匂いがした。

奥の寝室に入る。

早苗の顔色が変る。

ベッドの上に、全裸の小倉さやかが、仰向けに倒れていた。

胸には、べっとりと、血が、とびちっている。

亀井は、彼女の脈を診たが、すでに、こと切れていた。

「亀井さん！」

ふいに、早苗が、悲鳴に近い声で呼び、壁を、指さした。

白い壁紙の上に、血で、

〈また、血を流してやったぞ、ざまあみろ！〉


と、書きつけてあった。

亀井は、一瞬、言葉を失って、その血文字を見つめていたが、気を取り直すと、携帯で、十津川を、呼んだ。

「小倉さやかが、殺されました。すぐ、来て下さい。県警にも、連絡を、お願いします」

「本当か？」

「残念ながら、事実です。犯人は前に忍び込んだ時に、部屋と裏口の錠に細工をしたんだと思います」

亀井は、電話をすませると、もう一度、壁の血文字に、眼をやった。

る。

（あの連続殺人だ）

と、思う。

東京、名古屋、京都、大阪と、場所を変えて、次々に、若い女性が、殺された事件である。

犯人は、女を殺したあと、決って、血文字を残して行った。

その犯人は、まだ、捕まっていない。

なぜか、死んだ佐野恵一は、この事件を、写真集で、追いかけていた。

〈また、血を流してやったぞ、ざまあみろ！〉

その言葉を、亀井は、無言で、繰り返した。

連続殺人の犯人が、この郡上八幡にも、現われたのだろうか？

佐野恵一と、小倉由美を殺した犯人が、連続殺人の犯人でもあるのだろうか？

第五章　血のＤＮＡ

1

犯人捜査への聞き込みは県警に委《まか》せて、十津川は、亀井と早苗の二人と、ホテルの一室に閉じこもった。

事件について、考えなければならないことが、多過ぎる気がしたからである。

「一連の事件を、最初から、考え直してみたい」

と、十津川は、二人に向って、いった。

もちろん、これは、自分自身に対する問いかけでもある。

「何処が始まりかという問題がありますね」

亀井が、いう。

「警察的な考え方でいえば、佐野恵一と小倉由美の死体が、御母衣ダムに沈んだベンツの車内から発見された時、ということになるが、カメさんは、反対なんだろう？」

「反対です」

「じゃあ、何が、今回の事件の始まりだと、思っているんだ？」

と、十津川は、きいた。

「私は、佐野恵一が自分で、殺される理由を作った時に、始まったと思っています」

「殺される理由って？」

「この写真集です」

亀井は、佐野が個人的に作った例の写真集を示した。

「これは、例の連続女性殺人事件に、写真で迫ったものです。これが、犯人を刺戟したことは、間違いないと思います。犯人は、佐野を追って郡上八幡にやって来て、祭りの日、佐野を車ごと御母衣ダムに沈めたんです。小倉由美は、その巻き添えを食って殺されたんだと、私は、思っています」

「君は、どう思う？」

十津川は、北条早苗に、きいてみた。

早苗は、やや、遠慮がちに、

「亀井刑事の考えに賛成ですけど、疑問も、あります」

と、いった。

「遠慮なく、いってくれ」

と、十津川は、促した。今は、いろいろな意見を聞きたかったのだ。

「連続女性殺人事件の犯人が、佐野の写真集に腹を立てて、郡上八幡で佐野を殺したというのは、わかるんです。でも、腹を立てた理由が、今一つ、わかりません」

と、早苗は、いうのだ。

「だから、それは、佐野が、写真で犯人を追いかけたから、犯人が、腹を立てたということだろう」

亀井が、いった。

「そうなんです。でも、佐野は、この写真集で、犯人が誰かと、決めつけているわけじゃありませんわ。それに、正確にいうと、彼は、写真集で、犯人を追うというより、事件を追っているんだと思うんです。更にいえば、この犯人は、殺人のあと、血文字を残しています。これは、自己顕示欲の表れだと思います。犯人は、自分の犯行を自慢したくて仕方がないんです。それを、佐野が、わざわざ、写真集にしてくれて、宣伝してくれたんですから、犯人としては、感謝すべきなんじゃないでしょうか？」

「その点、カメさんは、どう思う？」

「そうですね。いわれてみると、佐野の写真集は、犯人の自己顕示欲を、大いに、満足させたのかも知れません」

と、亀井も、肯いた。

「では、佐野を殺したのは、連続女性殺人の犯人ではなく、別人だと思うかね？」

十津川は、二人に、きいた。

「いや、私は、この犯人が、佐野と、小倉由美を殺したと思います」

「私もです」

と、亀井も、早苗も、同じ返事をした。

「そうすると、北条刑事の疑問に戻ってしまうじゃないか」

「ええ」

早苗が、肯く。自分で、自分の提示した疑問を、持て余している感じだった。

「では、この犯人の心理について、考えてみよう。彼は、ただの殺人犯とは違うという説があった」

「それは、覚えています。犯人は、殺すたびに、血文字を残していった。その文章について、犯罪心理学者が書いたものを、読んだことがあります。犯人は、血に拘《こだ》わっている。

それも、自分の血にということでした。単に、血を見るのが好きというのではなくて、自分の体内を流れる血に拘わっているのではないかと」

「その文章は、読んだよ。私も、犯人が、ただ単に、血に飢えた殺人鬼とは思えない。あれだけ、血に拘わるのは、君もいうように、自分の体内を流れる血を、呪っているとしか思えない。だから、殺人の度に、彼は、血文字を書きつけた。それは、何かに対する宣言だったのかも知れないと、私は、思っているんだ」

と、十津川は、いった。

「何に対する——ですか？」

と、早苗が、きく。

「血というと、何を、まず、想像するかね？」

十津川が、きき返す。

「もし、血液の病気ということなら、あんな血文字は、書かないと思います」

「そうだ。あれは、そういう意味じゃない」

「とすると、肉親の間の血筋ということになってきます」

と、早苗は、いう。

「誰々の息子という意味の血だな」

「ええ。多分、犯人は、父親か母親を憎んでいるんだと思います。その親の血が、自分の身体に流れていることも、憎んでいるんです。殺人を繰り返すことで、彼は、父親か、母親に、復讐しているんじゃないでしょうか？　そんな気がして仕方がないんです」

「そうだとしてだが、犯人が、佐野恵一を殺す理由は、説明できないな。犯人を指摘しているわけじゃないし、犯人にとっては、自分を取り上げてくれたことで、喜んでいる筈なんだ。何しろ、犯人は、殺人の度に、メッセージを、発し続けていたわけだからね。佐野は、そのメッセージに応えたといえるんだ。礼をいってもいいと思うのに、なぜ、殺したんだろう？　それも、生きたまま、車に女性と一緒に閉じこめてダムに放り込むという残酷な手段でだよ。これは、どう見ても、犯人が、佐野を激しく、憎んでいるとしか考えられない。メッセージに応えてくれた人間を、犯人は、なぜ、こうも憎んだんだろう？」

十津川は、また、亀井と、早苗に、きいた。

「佐野の応え方が、気に入らなかったんじゃありませんか？」

と、亀井が、いった。

早苗は、写真集を、丹念に、見ていたが、

「この写真集を見ますと、佐野は、連続女性殺人事件を、努めて、冷静に見つめようとしているのが、わかりますね。犯人の行為を、悪いとか、良いとか決めつけず、たんたんと、事実だけを、写真にとって、追いかけているんです」

「それは、私も、感じたよ」

「犯人の行為を、残虐非道と批判しているのなら、犯人が、腹を立てて、佐野を殺すのはわかりますが、佐野は、むしろ、同情的ですらあると、私は、思います。世の中で、殺人鬼と呼ばれている犯人を、冷静に、一人の人間として、扱っているんですから。いってみれば、この世の中で、唯一人の犯人の味方なのではないかとさえ、私は、思います。それを、なぜ、犯人は、殺してしまったのか、私には、全くわかりません」

早苗は、当惑した顔で、いった。

「だが、佐野を殺したのは、間違いなく、連続女性殺人の犯人だよ」

と、十津川は、いった。

「ただ、いつも、血のメッセージを残す犯人は、佐野恵一殺しについては、何のメッセージも、残していませんね」

と、亀井が、いった。

「殺した相手が、女ではなくて、男だったからかな？」

「しかし、佐野と一緒に、小倉由美も、殺されています」

と、亀井が、いう。

「そうだったな。それに、小倉由美の妹のさやかが殺された時は、血文字が、残されているんだ」

また、重い沈黙が、三人を包んでしまった。

再び、壁にぶつかってしまったのだ。

2

短い沈黙のあとで、十津川は、

「一つだけ、考えられることがある」

と、二人に、いった。

亀井と、早苗は、黙って、十津川を見つめている。

「それは、佐野恵一が、連続女性殺人事件の犯人を、知ってたんじゃないか、ということなんだよ」

と、十津川は、いった。

二人とも、「え？」という表情になった。

十津川は、構わずに、続けた。

「それは、犯人と、佐野が、知り合いだということになってくるんだ」

「信じられませんが――」

亀井が、首を振る。

「だが、そう考えると、辻褄が、合うんだよ」

「しかし、警部。もし、佐野が、犯人を知っていたのなら、なぜ、警察に、話さなかったんでしょうか？　佐野恵一が、反権力の闘士という話も聞いていませんし、警察を憎んでいたという話も、聞いていないんですが」

と、亀井が、いった。

「佐野は、連続女性殺人事件を見ていて、犯人は、自分の知っているあの男ではないかと思ったが、確信はなかったのかも知れない。だから、写真によって、事件を追跡していったのではないかと、私は、考えるんだよ」

「犯人の方は、写真集を見て、佐野に、気付かれたと思ったわけでしょうか？　だから、口封じに、佐野を殺したということでしょうか？」

早苗が、きく。

「そう考える。いや、違うな」

と、十津川は、自分の言葉を、自分で、否定した。

十津川自身も、まだ、頭の中で、考えがまとまらないのだ。

「血が、不足している」

と、十津川は、いった。

「血文字のことですか？」

「犯人は、血に拘わっている。同じように、佐野も、血に拘わっていた」

「そうです」

「ただ、二人が顔見知りで、佐野が、犯人に目星をつけ、犯人の方が、口封じに、佐野を殺したというのでは、二人が、血に拘わったことが、完全に、脱落してしまっているんだ」

十津川が、険しい表情で、いった。

それを、払うように、早苗が、

「二人の間に、血のつながりがあったらどうでしょうか？」

と、いった。

「血のつながりか」

十津川が、眼を大きくしたが、亀井は、

「バカをいうな」

と、早苗を叱って、

「佐野恵一は、警視総監の息子だぞ。その佐野恵一と、犯人が、血のつながりがあるということは、どんなことか、わかっているのか？　連続女性殺人の犯人が、警視総監と、血のつながりがあることに、なりかねないんだぞ」

「カメさん。ちょっと待て」

と、十津川が、亀井を制して、

「北条刑事の言葉は、当っているかも知れないよ」

「でも、総監の息子さんは、佐野恵一ひとりの筈ですが」

と、亀井が、いう。

「だが、若い時の総監は、女性関係が賑やかだったと、聞いたことがある。T大を優秀な成績で卒業して、上級公務員試験に合格した総監は、私と違って、キャリアの典型だ。だから、二十代で、地方の警察署長になっている。その時代のことは、われわれは、知らないんだ」

十津川は、嚙みしめるように、いった。

「総監は、確か、二年で警視庁に戻ってきて、エリートコースを、突き進んだんでしたね」

「そうだ。警視庁に戻ってすぐ、結婚し、佐野恵一が生れている。もし、地方の署長時代に、子供が生れているとすれば、佐野恵一よりも年上の、血のつながる異母兄弟が、いることになるんだ」

「その男が、連続殺人の犯人ではないかというわけですか？」

亀井が、青白い顔で、きく。

「可能性だよ」

と、十津川は、いった。

「参りました」

亀井が、声を落して、いった。

「私だって、考えたくないよ。だが、こう考えると、納得がいくのも、事実なんだ」

「納得したくない気分ですが――」

「犯人を、Aとしよう。Aは、自分の父親が、佐野警視総監であることを知っている。Aが、順調に育っていれば、別に、問題はなかったろうが、不幸だったら、どうだろう？特に、母親が、自分を捨てたといって、総監を恨み、いつも、その恨みを、子供のAに話していたら、Aはどんな青年に育ったろうか？　母親と同じように、佐野総監を恨むようになったんじゃないか」

「しかし、あくまでも仮定でしかありませんよ」

と、亀井は、いった。

「その通りだ。だが、この仮定を調べてみたい」

と、十津川は、いった。

「大変なことになりますよ」

亀井は、怯えたような表情になっていた。

「大変なことは、わかっている」

十津川の顔も、思いなしか、青白かった。

「三上刑事部長が知ったら、即刻、捜査を中止しろと、いわれますよ」

「わかっている」

「どうします？」

「捜査を中止するわけにはいかないし、今、話した仮定について、調べたい」

と、十津川は、かたい表情で、いった。

「マスコミに気付かれたら、大変なことになりますよ。佐野総監の過去を調べているというだけでも、スキャンダルです。特に、今は、警察が批判の的になっていますから、そんな時に、総監の身辺が捜査されている。しかも、捜査一課の刑事が動いていると知られたら、大変なスキャンダルになりますよ」

と、亀井は、心から不安気に、いった。

十津川にも、その不安は、よくわかるのだ。

トップを、スキャンダルから守りたいという気持は、ある。

だが、十津川が、眼をつぶっても、他の誰かが、真相を明らかにするかも知れない。そ
れが、マスコミだったりすれば、それこそ、容赦なく、総監の私事を、あばき立てるだろ
う。それだけでなく、警視庁が、身内が関係しているので、捜査しなかったとして、批判
するに、決っていた。

「総監が、若い時、署長をやっていたのは、何処だったかな？」

と、十津川が、いった。

「確か、熱海警察署だと思います。そう聞いたことがあります」

と、亀井が、いった。

「熱海か」

「誘惑の多い所ですよ」

「私や、カメさんが動いたら、いやでも、マスコミに、嗅ぎつかれてしまうに決っている。

だから」

と、十津川は、早苗に眼をやって、

「君に調べて貰いたい」

「私ですか？」

早苗の表情が、こわばった。

「そうだ。君が、ひとりで調べるんだ。それに、警察手帳を、使ってはならん。北条早苗個人で、調べる。警視庁は、助けられない」

十津川が、いうと、早苗は、

「自信がありません」

「だが、やって貰う」

「――」

「新聞記者には、気をつけろ。マスコミに気付かれたら、それで、終りだ」

「何を調べれば、いいんですか？」

早苗は、開き直った顔で、きいた。

「佐野総監が、熱海署長時代、つき合っていた女がいたかどうか、女がいたら、その女には男の子がいるかどうか、そして、母親と、子供は、今、どうしているかを、調べて欲しい」

十津川は、小倉さやかのビデオテープからプリントした男の顔写真を、早苗に渡した。

「この男が、犯人と思われる。もし、見つけた女の息子がこの男なら、われわれの仮定が、正しかったことになる」

「わかりました」

「この男に気をつけろよ。簡単に女を殺す奴だからな」

と、亀井が、早苗に、いった。

「だから、連絡だけは、常に取ってくれないと困る」

十津川と早苗は、お互いの携帯の番号を確認し合った。

3

翌日、北条早苗は、ひとりで自宅に帰ると、改めて、旅行の支度をして、東京駅に向った。

十津川には、一週間の休暇願を書いて、頼んでおいたから、今日中に、捜査一課長に出しておいてくれるだろう。

スケッチブックを持って出たのは、学生の頃、よく旅行先でスケッチをしたことがあったからと、より旅行者らしく見せるためだった。

東京駅から、「こだま」に乗る。

午後三時前に、熱海駅に着いた。

早苗は、温泉は、東北のひなびたところが好きだったから、熱海は、生れて初めてだった。

駅の外に出ると、広場には、汽車の模型が飾られていて、タクシーがずらりと並んでいた。

駅前は、やたらにごみごみした感じで、やはり、俗っぽいなと、思った。

だが、今は、個人的な感情は、押さえなければならない。

タクシーのりばで、タクシーに乗り、

「はまや旅館」

と、行先を、告げた。

旅行案内を見て、適当に予約した旅館だった。

タクシーは、坂をおりて、海岸に出た。海岸の道路に沿って、ずらりと、旅館や、ホテルが、並んでいる。

が、その中の何軒かが、閉っている。

「休業中が多いのね」

と、早苗がいうと、運転手は、あっさりと、

「この不景気で、潰れたんです」

と、いう。

「そんなに、景気が悪いの？」

「今が、どん底でね。少しずつは、良くなっているんです。そうじゃないと、私たちも困る」

「でも、海岸は、きれいに造成されてるじゃないの」

と、早苗は、いった。

海沿いに、美しい公園が造られていたし、道路も、きれいに改修されていた。

「観光客に来て貰おうと、一生懸命なんですよ。でも、これで果して、お客が、来てくれるかどうか」

運転手は、今度は、弱気なことをいう。それだけ、難しい時代ということなのだろう。

「沖に見えるのは、初島ね」

「ええ。あそこは、大きなホテルがありますよ。パチンコも何もない島だから、自然を楽しむには、最高です」

運転手がいっている間に、車は、海岸沿いの「はまや旅館」に着いた。

七階建の、やや古びた旅館だった。

とにかく、フロントで、チェック・インの手続きをすませ、七階の海の見える部屋に案内された。

仲居が出て行ったあと、早苗は、携帯で、十津川に、連絡を取った。

「今、熱海の旅館に入りました。はまや旅館です。六時に、夕食です」

と、早苗は、いってから、

「このあと、どうしたらいいか、わかりません」

「総監が、熱海署長に就任したのは、二十六歳のときで、今から、三十五年前だ。その頃は、まだ、景気が良くて、熱海には、沢山、観光客が集っていた。芸者も、その頃は、四百人近くいたらしい。若い芸者も、沢山いて、賑やかだったと聞いた」

と、十津川は、いう。

「総監の相手は、芸者ですか？」

「まず、その線を、当ってみてくれ」

と、十津川は、いった。

早苗は、夕食の前に、思いたって旅館を出ると、地図を見ながら、坂をあがって行った。

急な坂道をあがって行くと、商店街に出た。
道路が狭く、車が、すれ違うのに苦労していた。
早苗は、その商店街の中に、
〈名刺の印刷引き受けます〉
という看板を見つけて、その店に入った。
「明日の朝までに、名刺を作って貰いたいんだけど」
と、早苗は、店員にいった。
「大丈夫ですよ」
と、店員は、いった。
早苗は、店員が差し出したメモ用紙に、
〈「旅と温泉」編集部　北条早苗〉
と、書き、住所と電話番号は、十津川の自宅にした。

「これを、明日の午前十時までに、百枚お願いします」

と、早苗はいい、前金を払って、その店を出た。

旅館に戻ってから、もう一度、十津川の携帯にかけた。

早苗は、名刺を頼んだことを伝え、

「もし、問い合せがあったら、警部の奥さまに、旅と温泉の編集部と、答えて頂きたいんです」

「それだけで、いいのか？」

「出来れば、奥さまに編集長になって頂いて、記者の北条早苗に、熱海の取材に行かせていると、答えて頂ければ、助かります」

「それは、家内に伝えておく」

と、十津川は、いった。

その日は、夕食をとり、温泉に入って、ゆっくり休むことにした。

早苗は、いざとなると、度胸がすわる方だった。

翌日、朝食をすませると、昨日の印刷屋へ行き、出来あがった百枚の名刺を受け取った。

（今から、「旅と温泉」誌の記者なのだ）

と、早苗は、自分にいい聞かせた。

まず、熱海市観光協会を訪ね、受付で、名刺を渡した。

「この熱海市では、いろいろと、観光に力を入れていると思うんですけど、そのことを、うちの雑誌で取りあげたいんです」

早苗がいうと、大柄な、五十代の竹下という会長が出て来た。

「ぜひ、書いて下さい。市をあげて、努力しているんです」

と、竹下は、熱心に、いう。

早苗は、小さな良心の痛みを感じながらも、

「駅のポスターに、芸者さんの写真が貼ってあって、踊りの練習なんかを、観光客に見せると、ありましたけど」

と、質問した。

竹下は、微笑して、

「何といっても、温泉に芸者は、つきものです。華やかさが必要ですよ。もちろん、若者にも興味を持たれる温泉地にも、したいと思っています。幸い、熱海は海に面しているので、夏は、海で、若者を呼びたい。それと並行して、しっとりした情緒も、売り物にしたいんです。だから、芸者さんたちの踊りの稽古も、皆さんに、お見せしているんです」

「今、芸者さんは、何人くらいいらっしゃるんですか？」

「以前は、四百人以上いましたけど、今は、二百人を切ってますかね。でも、最近は、若い女性の中に、芸者になりたいという人が、増えてきてるんですよ」

「今から三十数年前は、どうでした？　一九六〇年代中頃ですけど」

「あの頃は、いくらでも、お客が来てくれましたからねえ。日本全体が景気が良くて、芸者さんが、お茶を引くなんてことはなかったなあ」

と、竹下は、懐しそうに、いった。

「その頃の売れっ子さんは、今、いくつぐらいになっているんですか？」

「そうですね。五十代から、六十代ってとこでしょうね」

「じゃあ、もう引退していらっしゃるんでしょうね」

「いや、芸者というのは、何歳になっても芸者なんです。だから、まだ、お座敷に、ちゃんと出ていますよ」

「そのお姐さんたちに集って貰って、盛んだった頃の話を聞きたいんですよ。その次に、今の若い芸者さんたちの話を聞くことにしたいと思います」

「昔の芸者気質《かたぎ》と、今の芸者気質というわけですね」

竹下は、勝手に解釈して、

「面白いかも知れませんねえ」

「それでは、今夜、その頃に売れっ子だったお姐さんたちを、私が泊っているはまや旅館に、来て貰うよう、手配して下さいませんか。三人くらいだと、一番いいんですけど」

と、早苗は、いった。

「わかりました。わけ知りで、よく喋る姐さんたちを、行かせますよ」

と、竹下は、いった。

その夜、夕食のあとで、三人の芸者が、やって来た。いずれも、六十歳前後のお姐さんだが、さすがに、着物姿は、しゃきッとしている。

早苗は、三人に、ひと踊りして貰ってから、酒をすすめ、即席の座談会を開いて貰った。テーブルの上に、テープレコーダーを置き、スイッチを入れてから、

「今から三十年ぐらい前は、皆さんは、丁度売れっ子で、熱海の花街も、盛んだったと聞いたんですけど」

早苗がいうと、三人のお姐さんは、一斉に、喋り始めた。

「あの頃は毎晩お座敷がかかって、忙しくて、眼が廻りそうだった。ハワイやワシントンのお祭りに、呼ばれたこともあるのよ」

と、春駒姐さんが、いった。

「わたしは、二十代でね、有名な建築会社の社長さんから、結婚してくれっていわれた。

プロポーズよ」

と、いうのは、菊乃姐さんだった。

「なぜ、結婚しなかったんですか?」

早苗がきくと、菊乃は、笑って、

「何となく、気がすすまなくて、断っちゃったんだけど、今になると、良かったと思ってるの。その会社は、倒産して、社長は首を吊っちゃったんだから」

三人目の千代菊姐さんは、

「早く、景気がよくなって、また、あの頃みたいになって欲しいんだけど」

と、いった。

「皆さん、その頃は、二十代の芸者さんで、売れっ子だったんですね。どんなお客さんが多かったんですか?」

と、早苗は、きいた。

「一番、金使いが荒かったのは、土建屋さんだったわね。千代菊さんは、確か、あの頃、Tさんに、二百万円のルビーの指輪を買って貰ったんじゃないの?」

と、春駒が、いう。

「ええ。ポンと買ってくれたわ。あんな時代がまた来ると、いいんだけどねえ」

「野球選手も、スポンサーと一緒に来たことがあったけど、やっぱり、お相撲さんが、一番だわ。いいタニマチがついていると、楽しいお座敷になったもの」

と、菊乃が、いった。

「でも、ケチな相撲取りもいたわ。そんなのに当っちゃうと、やたらに暑いだけ」

千代菊が、笑う。

早苗は、一緒に笑い声を立てたが、

「私、こんなことを聞いたことがあるんです。芸者さんをあげた宴会が一番好きなのは、いつも几帳面でかたい仕事をやっている銀行とか、役人とか――」

「警察の人」

と、いって、春駒は、ケラケラ笑った。

「今夜も、Rホテルで、全国税務署長会議があって、若い娘《こ》たちが呼ばれてるんじゃなかった？」

菊乃が、いう。

「それじゃあ、はちゃめちゃね。お役人って、必ず野球拳だから」

と、千代菊が、笑った。

「新しい市長さんが決ったり、新人の警察署長さんが着任したときは、宴会が開かれて、芸者さんが、呼ばれるんでしょう？」

早苗は、三人の顔を見廻した。

「そういうことね」

「皆さんが、二十代の頃にも、同じような宴会が、あったんでしょうね？」

「ええ。ただ、あの頃の方が、豪傑が多かったわね」

菊乃が、懐しそうに、いう。

「豪傑って、どんな人がいたんですか？」

早苗が、きいた。

「今は、マスコミがうるさいから、遊ぶのも、こそこそで、文字通り、小役人だけど、あの頃は、そんなうるさくなかったから、遊び方も堂々としていたし、スマートでしたよ。人間も、小粒になっちゃったのかしらねえ」

春駒が、いうと、それに合せるように、菊乃が、

「その頃は、お座敷で、堂々と、芸者を口説いた人もいたわわね」

「まさか、新しい市長さんや、新任の署長さんが、そんなことはしなかったんでしょう？いくら、いい時代でも」

早苗が、きくと、千代菊が、

「新人の署長さんの中には、若いのに、豪傑さんがいましたよ」

「若いって、いくつぐらいです？」

「二十五、六歳かしらねえ。T大出で、エリートコースを、まっしぐらって人。自信満々だったわ」

「ああいう人は、私は、きらいだった」

菊乃が、いう。

「でも、さっそうとしてたから、惚れちゃった娘《こ》もいたのよ」

と、千代菊が、いった。

「その芸者さんも、二十代だったんでしょう？」

早苗が、きく。

「そう。若い、きれいな娘《こ》だった」

「二十代同士で、美しいじゃありませんか」

「でも、男の方は、所詮は、遊びなのよ。二年で、本庁へ戻っちゃうんだから」

「芸者さんの方も、それは、覚悟していたんじゃないんですか」

「そうだけど、女は弱いから、本気になっちゃうものなの」

と、春駒が、怒ったように、いう。

「そうなんですか?」

「ちょっと、この話はまずいわ。雑誌にのったりしたら、熱海のマイナスイメージになるわ」

菊乃が、待ったをかけた。

早苗は、テープレコーダーをオフにして、

「この話は、雑誌にのせません。約束しますわ。だから、話して下さい。個人的に、興味があるんです」

と、三人に、いった。

「春駒姐さんのいってるの、小春さんのことでしょう?」

と、千代菊が、春駒にいった。

「そう、小春姐さんのこと」

「じゃあ、やっぱり、あの署長さんと、関係があったの?」

「そうよ。小春姐さん、本気で、惚れちゃったの」

「その芸者さんが、本気で惚れた署長さんて、どういう人なんですか?」

と、早苗は、きいた。

「背が高くて、大変な美男子だった。でも、ちょっと、自分こそ、エリートだってところが、鼻についたけど」

と、菊乃が、いう。

「ひょっとして、その署長さんの名前は、佐野というんじゃありません？」

「どうして？」

「今の警視総監が、佐野という方で、三十五年前には、地方の署長をやってたと聞いたことがあるんです」

「あたり！」

と、春駒が、いった。

「一度、お会いしたことがあるんです。あの方は、若い時、そんな艶聞があったんですか」

と、早苗は、肯いてから、

「お相手は、小春さんでしたかしら」

「そう。同じ置屋で、私にとって、姐さん株の人だったの。年齢《とし》は、二つしか違わなかったけど、気っぷのいい、熱海一の売れっ子だったわ」

「その方に、お会い出来ません？　新任の若い署長さんとのロマンスを、お聞きしたいから」

「無理ですよ。亡くなったから」

と、千代菊が、いった。

「亡くなったんですか。ご病気で？」

早苗が、きくと、三人は、顔を見合せてしまった。

「すいません。余計なことを、聞いてしまって」

と、早苗が、詫びると、春駒は、

「いいですよ。小春姐さん、自殺したんです」

と、いった。

「自殺だったの？　私は、事故死だって、聞いたんだけど」

と、菊乃が、いう。

早苗は、黙って、二人を見つめた。

千代菊が、早苗に向って、

「小春さん。海に飛び込んだんです。錦ヶ浦へ」

「自殺の名所でしょう？　錦ヶ浦って」

と、早苗は、きいた。

「ええ。だから、自殺だったという人もいるんだけど、精神状態がおかしかったから、落ちて、死んだという人もいるんです」

「どうして、そんなことになったんですか？」

早苗が、きくと、千代菊が、春駒に向って、

「お姐さんが、よく知ってるんでしょう？　私も、本当の話を聞きたいと思ってたの。話して下さいな」

と、いった。

春駒は、しばらく、黙っていたが、

「しっかりしたお姐さんだったんだけど、子供が生れて、その子が、中学生になる頃から、精神状態が、不安定になってきたの」

「子供が、いたんですか？」

「ええ。署長さんの子。芸者を続けながら、子供を育ててたんだけど、その子が、反抗期を迎えて、自信がなくなって、ノイローゼになっていましたね」

「それで、錦ヶ浦から、転落して亡くなったんですか？」

「そう」

「いろいろ、いわれたんですよ。男から、病気をうつされて、それで、発狂したんじゃないかとかね。でも、小春姐さん、あまりにも、まじめすぎたから」

と、菊乃が、いう。

「父親が、署長さんだったというのは、間違いないんですか？」

「間違いないわよ。小春姐さんが、そういってたんだから。あの人は嘘なんかつかない」

「署長さんは、そのことを知ってたのかしら？」

「さあ。二年で、警視庁に戻ってしまったから」

と、春駒は、いった。

「男の子だったんですか？」

「ええ」

「その子は、今、どうしているんでしょう？」

「どうしているのかしら？」

「小春姐さんの遠い親戚に、引き取られたんじゃなかったかしら？」

「ぜんぜん、聞いてないんだけど、何処かで生きていれば、三十歳くらいになっている筈ね」

「小春姐さんのお墓に、お参りに来たことがあったのかしら？」

「ないんじゃないの。聞いたことないわ」

「やっぱり、男の子は、駄目ね」

「子供を持つのなら、女の子って、よくいうけど、本当ね」

少しずつ、話がずれていく。

「小春姐さんの写真あります？」

と、早苗は、きいた。

「どうして？　この話、雑誌にのせないんでしょう？」

「ただ、どんなにきれいな芸者さんだったのかと思って」

と、早苗は、いった。

「いいわ。見つかったら、見せてあげる」

と、春駒が、いった。

4

三人の芸者が帰って行ったあと、早苗は、十津川に、電話をかけた。

「警部の読みが、当ったようですわ」

「どう当ったんだ？」

「三十五年前、熱海警察署に、署長として赴任した佐野総監が、ここの若い芸者との間に、

「男の子をもうけています」

と、早苗は、いった。

「その母親の芸者は？」

「男の子が、中学生のとき、ノイローゼから、精神錯乱を起こし、錦ヶ浦で、溺死しています。自殺か、事故死か、わかっていません」

「男の子は？」

「彼女の親戚に預けられたといわれていますが、はっきりしません。明日から、調べてみますわ」

「あくまで、内密にだぞ」

「わかっています」

と、早苗は、いった。

翌日、早苗は、三人の芸者の話を確認するために、市役所に出かけた。

戸籍係で、小春こと、柴田涼子《しばたりようこ》の戸籍を見せて貰った。

確かに、十九年前の十一月三日に、死亡していた。

子供の名前は、柴田真介《しんすけ》となっていた。

佐野警視総監の名前が、真太郎だから、小春は、子供に、「真」の字を取って、真介とつけたのだろう。

早苗は、次に、「柴田真介」の名前で、戸籍を、見せて貰った。

それで、十九年前に、養子になっていることがわかった。

養父母の名前も、わかった。

養父　島村徳一《しまむらとくいち》
養母　ふみ

という名前で、住所は、和歌山県の龍神村になっている。

龍神村が、どの辺にあるのかわからなかったが、行ってみるより仕方がないと、早苗は、思った。

十津川に、その旨を伝えておいて、新幹線で、新大阪に向った。

和歌山県の地図を見ると、龍神村は、紀伊田辺から、高野山に向う途中だった。山の中の村らしい。

新大阪からは、紀勢本線で、田辺に向った。

田辺は、南紀白浜の近くの町である。着いた時は、すでに、日が暮れていたので、早苗は、田辺市内で、一泊することにした。

翌日、龍神バスに乗って、龍神温泉に向った。

バスは、南紀の内陸部に向って、走る。

一時間半あまりかかって、龍神温泉に着いた。

日高川の清流沿いの、小さな温泉だった。

日高川は、アユ釣りの聖地として有名で、その季節になると、釣り人が集るというが、早苗が行った日は、釣り人の姿もなく、ひっそりとしていた。

村役場へ行き、島村徳一、ふみ夫婦のことを聞いてみた。

「亡くなりましたよ」

と、戸籍係は、そっけなく、いった。

「二人ともですか？」

「ええ。徳一さんは、十五年前に亡くなり、その一年後に、ふみさんも亡くなっています。病死です」

「子供は、どうなりました？　確か、養子がいたと思うんですけど」

早苗がきくと、戸籍係は、帳簿に眼をやって、

「お子さんは、二人いまして、長女の綾子《あやこ》さんは、今、この村で、結婚しています。長男

の真介さんは、東京に行ったと聞いていますが、今の住所は、わかりません。姉の綾子さんに聞いてみて下さい」

と、戸籍係は、いった。

綾子が結婚した相手は、龍神村で、小さな旅館をやっているということで、道を教えて貰って、早苗は、歩いて行った。

「龍神館」という、二階建の旅館だった。一階は食堂になっていて、ライスカレー、らーめんといったメニューが、並べてあった。

早苗は、早目の昼食に、そこでらーめんを頼んだ。

赤ん坊を背負った三十歳をすこし過ぎたくらいの女が、らーめんを、運んできた。どうやら、彼女が、綾子らしかった。

早苗は、らーめんを食べ、代金を払ってから、

「弟さんは、確か、真介さんでしたわね。今、何処にいるか、わかります？」

と、その女に、きいた。

女は、眉をひそめて、

「また、何か、やらかしたんでしょうか？」

「いえ。何処にいるのか、それを、知りたいだけなんです」

「私、弟のことは、何も、知らないんです。ぜんぜん、連絡もありませんしね」

と、綾子は、眉を寄せたまま、いう。

その言葉の調子で、彼女が、真介を、嫌っているというか、怖がっていることが、よくわかった。

きっと、二人の間で、強い確執があったのだろう。

「真介さんですけど、母親が亡くなったので、養子に貰われて来たんですね？」

「そうなんです。他に引き取り手がなかったんですよ。うちは、この龍神で、林業をやっていて、決して、豊かじゃなかった。貧乏な方だったんですよ。それでも、可哀そうだというので、私の両親が、あの子を引き取ったんです。それなのに、あの子は、いつも、不平たらたらでしたよ。それでも、私の両親は、中学を卒業させ、高校にもやったんです」

「高校は、何処だったんですか？」

「田辺の高校です。私は、女だからって、中学までしか、行かせて貰えなかったのに」

と、綾子は、口惜しそうに、いった。

「それから、どうしました？」

と、早苗は、きいた。

「あの子が、高校を卒業してすぐ、両親が亡くなったの。働き過ぎね。そしたら、あの子も、いなくなった」

「いなくなったって、何処へ行ったか、わからないんですか？」

「ええ。急にいなくなって、それっきり。生きているのか、死んでいるのかさえ、わかりません。別に、消息を知りたくもありませんけど」

綾子は、突き放すようないい方をした。

早苗は、〝犯人〟の写真を、彼女に見せた。

「これが、真介さんですか？」

と、きくと、綾子は、首をかしげて、

「私が、あの子を最後に見たのは、高校を卒業したばかりの頃だから、この写真かといわれても――」

「似ています？」

「そうねえ。眼のあたりが、似ているような気がしますけど――」

と、綾子は、いったが、それ以上のことは、話してくれなかった。

5

早苗は、急いで田辺市に戻ると、そこの高校を訪ねた。

事務局で、調べて貰い、彼の同窓生で、今でも、田辺市に住んでいる二人の男女に会った。

小川《おがわ》ゆかという、果実店で働く女と、大野《おおの》というサラリーマンだった。

「彼は、K新聞の配達所の二階に下宿して、ずっと、配達のアルバイトをやりながら、高校を卒業したんですよ。たいした奴です」

と、大野は、いった。

「性格は、どうでした？」

と、早苗は、きいた。

「頭が良くて、少し変ってたから、あんまり、友だちは、いませんでしたね。でも、それを、それほど苦にしていなかった」

「少し変っていたって、どういう点ですか？」

「僕も、あんまり親しく、話したことはなかったんだけど、ある日、一緒に、映画を見に行ったことがあったんです。妙な映画で、犯罪者の親の血を引く子は、必ず犯罪者になるみたいなストーリイだったんです。僕は、興味本位のつまらない映画だって笑ったんですが、彼は、ひどく真剣に受け取って、悩んでいましたね。自分の身体を流れる血はどうしようもないというんです」

「どうして、そんなことに、彼は悩んでいたんでしょうか？」

「僕が、聞いたところでは、彼の母親は、彼が中学生の頃、発狂して、海に身を投げて、死んだらしいんです。それで、いつか、自分も、母親のように発狂するんじゃないかと、それに怯えていたんじゃないかと、思いますが」

と、大野は、いった。

「彼が、今、何処で、どうしているか、知っていますか？」

「いや、知りません。高校を卒業してから、ぜんぜん会っていないんです」

「これが、彼ですか？」

と、早苗が、写真を見せると、大野は、綾子と同じことを、いった。

「眼のあたりは、よく似ていますが――」

早苗は、次は、自分の家の仕事を手伝っている、小川ゆかに会った。

「私は、彼が、好きだったわ」

と、小川ゆかは、微笑して、

「背が高くて、かっこよかったし、頭も良かったから」

「どんな人でした？」

「変な人」

と、ゆかは、また笑った。

「どんな風に、変だったんです？」

「女性を憎んでるの」

「でも、あなたとは、親しかったんでしょう？」

「そこが、複雑というか、女性に関心があるのに、憎んでいるの」

「どうしてかしら？」

「多分、お母さんのせいね」

「彼の母親のことを、聞いたことが、あるんですか？」

「いっぺんに聞いたわけじゃないわ。ポツン、ポツンと話してくれただけなの。なんでも、彼のお母さんは、芸者さんだったんですって。写真を見せて貰ったことがあるけど、本当に、きれいな人」

「彼は、いつも、母親の写真を、持ち歩いていたんですか？」

「そうなの。亡くなったお母さんのね。そのくせ、おかしいのよ、そのお母さんのことを、ボロクソにいうの」

「どうしてかしら?」

「なんでも、男にオモチャにされて、捨てられたのに、メソメソして、戦わなかったからみたい。ちゃんと戦って、ごっそり慰謝料を取ってくれていたら、自分が苦労しなくてすんだのにって、いったこともあったわ。その男というのは、とても、偉い人みたいだから」

と、ゆかは、いった。

「その母親が、発狂して、投身自殺したことは、あなたに、話しませんでした?」

「そうなんですってね。それで、いつか、自分も、発狂するんじゃないかって、心配してたわ。そんなことないのにねえ」

「血に拘わってたんですね?」

「ええ、そうね。でも、お父さんの血だって、流れてる筈でしょう。その方の血のことは、どう思ってたのかしら?」

「聞いてみたことは、なかったんですか?」

「ええ。今度、会ったら、聞いてみようかな」

と、ゆかは、いった。

高校卒業以来、一度も会っていないという点は、綾子や、大野と、同じだった。

写真を見せた時の反応は、他の二人と、少し違っていた。

「この眼よ。いつもじゃないけど、時々、彼は、こういう怖い眼をするの」

と、ゆかは、いうのだ。

「彼に、間違いない？」

早苗が、念を押すと、ゆかは、もう一度、写真に眼をやって、

「間違いないと思うわ。これ、何処で、撮ったんです？　お祭りみたいだけど」

「郡上八幡のお祭りで、偶然、撮ったんですよ」

「そうなの。あなた、私立探偵か何か？」

と、ゆかが、きく。

「ある人に頼まれて、彼を探しているんです」

早苗がいうと、ゆかは、ひとり合点で、

「わかった。彼のお父さんでしょう？」

「お父さん？」

「そうよ。彼のお母さんを捨てた男。きっと、今になって、自分の子供が、何処かに生き

ていると知って、探しているのね。よくあるストーリイだわ」

と、ゆかは、いう。

外れているのだが、それでも、早苗は、狼狽して、

「ちょっと、違うの」

と、笑って見せた。

「どう違うの？」

「この祭りのとき、観光客のお年寄りが、偶然、彼に助けられて、お礼がしたいといっているんだけど、この写真しか手がかりがないんです。それで、私が、どこの誰なのか、調べているの」

「ふーん。彼が、人助けをねえ」

「おかしいかしら？」

「彼は、いつも、そういうの、偽善だっていって、嫌ってたから」

と、ゆかは、いった。

第六章　愛と憎しみと

1

柴田真介。

これが、容疑者の名前である。

高校を卒業するまでのことは、北条早苗の捜査で、いろいろとわかったと、十津川は、思う。

母は熱海の芸者、小春。

父は、現在、警視総監の佐野真太郎。

母親の小春は、苦労した末に、彼が中学生のとき、発狂して、海に身を投げて亡くなった。

その後、真介は、母の遠い親戚の島村家へ養子に貰われている。

アルバイトをしながら、高校を卒業したが、卒業すると同時に、彼は姿を消した。

その後の彼を知る人間はいない。

高校を卒業後、現在までの十五年間、その期間が、今は空白なのだ。

「この十五年間を、何とかして、埋めたいね」

と、十津川は、部下の刑事たちに、いった。

柴田真介で、今、わかっているのは、四年前に起きた一連の殺人事件との関係である。

四年前の三月から六月にかけて、東京、名古屋、京都、大阪で、四人の女性が、殺され、現場には、血文字が残されていた。

その後、犯行が、ぱたりと止んでしまい、事件は、迷宮入りしてしまったのだが、今は、十津川は、柴田真介の犯行だろうと、考えている。

郡上八幡で起きた小倉さやか殺しが、四年前の四件と、酷似しているからだ。

柴田真介は、四年前、突然、連続殺人を起こした。

しかし、その前には、彼は、何もしていなかったのだろうか。

彼は、高校を卒業すると同時に、和歌山から、姿を消してしまった。

その後、何処で、どんな生活をしていたのか？

十津川は、柴田真介の名前で警察庁に問い合せてみたが、前科はないという返事だった。

「信じられないな」

と、十津川は、いった。

「十五年の空白がある。その中の十一年間、聖人君子みたいな生活をしていて、突然、十一年目に、四人の女を次々に殺したなんてことが、あるだろうか？」

「まず、考えられませんね」

と、亀井も、いった。

「だが、柴田真介の名前は、犯罪者のリストにはのっていない」

「うまく立ち廻ったのか、それとも、何かわけがあって、前科がつかなかったのでしょうか」

「殺人はやってなくても、傷害事件ぐらい、起こしていると思うんだが」

と、十津川は、いった。

「高校を卒業して、彼は、和歌山から消えた。十八歳ですよ。未成年の時に、傷害事件を起こしても、説諭ぐらいで前科はつかないでしょう」

「その頃の彼のことを、まず、知りたいな。それがわかれば、その後のことも、わかってくるような気がする」

と、十津川は、いった。

「和歌山から姿を消して、何処へ行ったかですね」

「十八歳で、和歌山の田舎暮しが、嫌だったろうから、大都会へ行ったと思うね」

「そういえば、四年前の殺人も、東京、名古屋、京都、大阪という大都会で、引き起こしていますね」

「だから、まず、その都市に照会してみようじゃないか。記録は、残っていないと思うが、柴田真介のことを覚えている警官が、いるかも知れない」

と、十津川は、いった。

十津川は、東京以外の三つの都市の警察に、照会した。

東京は、別に、調べればいいだろう。

正直にいって、十津川は、あまり、期待しなかった。

何しろ、十五年も昔のことである。

だが、三日後になって、大阪府警から、連絡が来た。

現在、退職して、関連する公益法人で働いている関谷《せきや》というＯＢが、柴田真介のことを、覚えているというのである。

十津川は、すぐ、亀井と大阪へ飛んで、五十歳の関谷に会った。

「あの少年のことは、よく覚えていますよ」

と、関谷は、ニコニコ笑いながら、いう。

その頃、関谷は、十三署《じゅうそう》にいたという。

「確か、十三のKというパチンコ屋で、住み込みで、働いていました。そのパチンコ屋は、もうありませんがね。あの子は、よく、ケンカしてました」

と、関谷は、懐しそうに、いった。

「どんなケンカですか？」

「殴り合いです。あまり強くなくて、たいてい、やられてましたね」

「十五年たっても、名前を覚えているのは、何か、わけがあるんですか？」

と、十津川は、きいた。

「その頃、私は、十三の派出所にいて、よく、あの子を捕えたり、時には病院に運んでやったりしたんです。派出所に連れて行って、お説教すると、彼は、必ず、こんなことをいうんです。おれの名前は柴田真介だ。だがおれの本当のおやじは、警視庁のエリートで佐野真太郎だってね。半信半疑で、問い合せると、確かに、その名前の人がいることがわかりましたが、結婚して、息子さんもいるということで、嘘だとわかりました。いいかげんな嘘をつくなって、怒鳴ってやりましたが、その後も、同じ嘘をついてましたね。そんなことで、彼のことを、よく覚えているんですよ」

「なるほど」

「彼は、他の警官にも、おれのおやじは、警察の偉い人間なんだって、いっていて、まあ、未成年のワルの中では、ちょっとした有名人だったんです」

と、関谷は、いった。

「傷害で逮捕されたことは、なかったんですか？」

「今もいったように、ケンカは弱くて、やられることが多かったですからね。ワルでしたが頭も良く、不思議に、弱い者いじめはしませんでした。ある意味において魅力的だったのは、彼なりに、正義感みたいなものが、あったからじゃありませんかね」

と、関谷は、いった。

「彼は、いつ頃まで、十三にいたんですか？」

「もう二十歳になったんだから、ケンカなんかするなと、いったのは覚えているんです。だから、成人式までは、十三にいたのは間違いありません。その年か、翌年ぐらいに、引っ越したんだと思いますね」

と、関谷は、いう。

「十三から、何処へ引っ越したか、わかりますか？」

「京都です」

「京都の何処です？」

「それは、知りません。ただ、京都の有名な料亭に、修業に行ったように聞いたんです」

「板前の修業ですか？」

「そうです。パチンコ店で働いているときも、本当は何をやりたいんだと聞いたら、板前をやりたいと、いっていましたからね」

と、関谷は、いった。

十津川と、亀井は、区役所に行き、柴田真介の住民票を見せて貰った。

関谷のいったように、柴田真介は、十三《じゆうそう》から、二十一歳の時、京都に、移動していることがわかった。

京都の住所は、東山の料亭「よしの」の寮になっていた。

二人は、大阪から、すぐ京都に向った。

徹底的に、柴田真介の足跡を追いかけるつもりになっていた。

2

料亭「よしの」は、祇園の建仁寺《けんにんじ》の近くにあった。

二人は、そこの女将に会って、柴田真介のことを、聞いてみた。

女将は、渋面を作って、

「真介のことは、あんまり話したくないんですよ」

と、いう。

「何か、問題を起こしたんですか？」

「最初は、良かったんですよ。頭もいいし、料理の覚えもいいし、主人も、板長も、期待してたんです。真介、真介って、可愛がってましたよ」

と、女将は、いった。

「それが、どうなったんですか？」

亀井が、きいた。

「うちへ来て、二年目でしたよ。兄弟子とケンカしましてね。兄弟子を殴るなんて、この世界では、許せることじゃないんですよ」

「じゃあ、馘《くび》ですか」

「それが、真介は、兄弟子に、めちゃくちゃに殴り返されて、病院へ運ばれてしまったんです。その上、兄弟子の方は、板長に腕を見込まれて、中京《なかぎょう》の料亭を紹介されて、板前になってしまいましてね。何となく、このケンカは、うやむやになってしまいました。板長も真介の腕を惜しんで、もう少し、様子を見ようということになったんです。ただ、私は、この子は、突然キレることがあるんだと、怖くなりましたけどね」

「そのあと、何かあったんですか？」

と、十津川は、きいた。

「それから、半年ぐらいあとでしたよ。あの事件が、起きたんです」

女将は、小さく、溜息をついた。

「それを話して下さい」

「うちの親戚に、三枝恵美《さえぐさえみ》という女子大生がいたんです。その娘が、時々、うちに遊びに来てましてね。きれいな娘なんです。その娘に、真介が、惚れたんです」

「恋愛なら、問題はないと思いますが」

と、十津川がいうと、女将は、とんでもないというように、手を振って、

「あの娘には、好きな人がいたんですよ。だから、真介なんか、問題にしなかったんで

す」

と、いった。

「それで、どうなったんですか？」

と、亀井が、きいた。

「恵美は、宇治に住んでいたんですけどね。ある日、うちに遊びに来て、私に、いうんです。真介が、自分の家の近くにじっと立っていて、気味が悪かったって。それで、真介にきいたんです。そうしたら、休みのときに、たまたま、宇治に遊びに行っただけだと、いいました。そのあとで、なぜだか、ニヤッと、笑うんです」

「ストーカーになったんじゃありませんか？」

「でも、あの頃は、ストーカーなんて、聞いたこともなかったし、真介も若いんだから、恵美を好きになっても仕方がないなと、思いましたよ。ただ、彼女には、好きな人がいるんだから、諦めなさいって、注意をしたんです」

「彼は、何といいました？」

「いや、彼女のことなんか、別に、何とも思っていないといいました」

「それで、済んだわけですか？」

「いいえ。そのあと、真介は、突然、中古の車を買いましてね。私も、彼の興味が、車にいってくれて、恵美のことを忘れてくれたらいいなと思って、車を買うお金を貸したんです」

「なるほど」

「そうしたら、真介は、その車に、恵美を無理矢理乗せて、連れ去ってしまったんです。大さわぎになりました。宇治の警察が、必死に探して、十二時間後に、真介の車を見つけて、恵美が、助けられたんですよ」

「誘拐事件じゃないですか」

と、亀井が、いった。

「真介は、当然、逮捕されたんでしょうね？」

十津川が、きいた。

「ええ。宇治の警察が、逮捕しました」

「真介は、それで、刑を受けたんでしょうね？」

「いいえ」

「なぜです？」

「私には、わかりません。とにかく、示談になって、私は、真介に、辞めて貰いました」

「当然ですが、彼が、刑務所にもいかず、自由に歩き廻っているのは、不安でしようがなかったでしょう。特に、恵美さんにとっては」

と、十津川は、きいた。

「そのことで、宇治署の署長さんに、相談したら、安心しなさい、彼は、二度と、恵美さんの前に現われることは、ありませんからと、いわれました」

「しかし、実刑は、受けていないんでしょう？」

「ええ」

「二度と、現われませんでした？」

「ええ。恵美は、結婚して、子供もいますわ」

と、女将は、いった。

「宇治へ行ってみよう」

と、十津川は、亀井に、いった。

京都から、二人は、バスで、宇治に向った。

宇治に着いた時には、日没が近づいていた。

当時の宇治署長は、すでに、代っていた。

五十五歳の副署長が、当時のことを、よく、覚えていてくれた。

「柴田真介という若者が、三枝恵美という女子大生を、無理矢理、車に連れ込んで、十二時間にわたって、連れ廻したんです。車を発見したとき、彼女の顔が、はれていましたね。柴田真介に、殴られたんです」

と、渡辺《わたなべ》という副署長は、いった。

「しかし、柴田真介は、実刑を、受けませんでしたね。つまり起訴もされなかったということですね？」

「そうです」

「なぜです？　誘拐と、傷害になるんじゃありませんか？」

「そうなんですがねえ」

渡辺は、急に、歯切れが悪くなった。

「彼女や彼女の両親が、世間体を考えて、示談になったんですか？」

「結果的には、そうなったんですが、最初は、彼女も、両親も、ぜったいに、柴田真介を訴えると、いっていたんですよ」

「それが、どうして――？」

「実は、逮捕したとき、柴田真介は、おれのおやじは、本庁の偉いさんで、こんな田舎の警察なんか、屁でもないと、息まいていたんです。こちらは、嘘をつくなと、笑ってたんですが、突然、警察庁から、鈴木《すずき》という管理官が、来られましてね。この事件を、何とか、穏便に、処理してくれないかといわれたんです」

「鈴木管理官？」

多分、その人間は、今の佐野警視総監の友人なのだろう。警察庁に手を廻したに違いない。

「それで、どうなりました？」

と、十津川は、きいた。

「被害者が、告訴するといっていますと、鈴木管理官には、申し上げたんです。そうしたら、そちらは、私が、説得すると、いわれましてね。どう説得したのかわかりませんが、三枝恵美本人も、両親も、示談に応じたんです」

と、渡辺は、いう。

「慰謝料も、支払われたんでしょうね？」

「払われたと思いますよ」

と、渡辺は、いってから、

「それでも、われわれとしては、また、柴田真介が、三枝恵美に、手を出すのではないかと、それが心配でした。だから、そのことを、鈴木管理官に、いいました」

「そうしたら？」

「柴田真介は、海外へ出すから、大丈夫だといわれましたよ。その後、彼を見ていませんから、間違いなく、海外へ出たんじゃありませんかね」

と、渡辺は、いった。

「海外――ですか」

「十津川さんに、お聞きしたいんですが」

「何でしょうか？」

「今の警視総監のお名前は、確か、佐野でしたね。あの柴田真介と、何かつながりが、あるんですか？」

と、渡辺は、遠慮がちに、きいた。

「いや、何もないと思います。佐野総監には、ちゃんとしたお子さんが、いらっしゃいました。残念ながら、事故で、亡くなりましたが」

と、十津川は、いった。

「ああ、岐阜の御母衣ダムでしたね」

渡辺が、大きく肯いたあと、

「しかし、十津川さんは、なぜ、柴田真介のことを調べておられるんですか？」

と、きいた。

当然の疑問だった。

十津川は、仕方なく、

「彼が、本当の父親は警察の偉い人だと嘘をついて廻っているので、調べているんです」

と、いった。

「わかります」

「柴田真介ですが、日本を離れて、何処の国へ行ったか、わかりますか？」

と、十津川は、きいてみた。

「いや、私には、全く、わかりません」

3

宇治署を出ると、もう、夜になっていた。

二人は、旅館を探して、泊ることにした。

宇治川沿いの、日本旅館の部屋が空いていて、二人は、そこに入った。

少しおそい夕食をとる。

「海外へ出ていたんですね」

亀井は、箸を動かしながら、ぼそっと、いう。

「いつまで行っていたのかわからないが、帰国してから、四人の女を、連続して、殺したんだ」

「海外旅行の費用も、総監が、出したんでしょうね」

「多分、そうだろう。総監にしたら、せめてもの罪滅しのつもりかも知れない」

「しかし、金を出したり、警察庁の友人に頼んで、手を廻して、誘拐事件を示談にしたりと、甘やかしたのが、結局、最後は、殺人にまで走らせたんじゃないんですかね」

と、亀井は、いった。

そうかも知れないと、十津川は、思った。ただ、他にも、理由が、あったのではないのか。

「柴田真介が、海外で、どこにいて、何をしていたか、それがわかれば、いいんですが、無理でしょうね」

亀井が、腹立たしげに、いう。

十津川は、箸を止めて、

「ちょっと、待ち給え」

と、いった。

「警部はおわかりなんですか？」

「これは、想像なんだが、アフガニスタンや、ミャンマーの阿片地帯に行ってたんじゃないかと、思うんだよ」

十津川がいうと、亀井は、不思議そうに、

「なぜ、アフガニスタンと、ミャンマーなんですか？」

と、きく。

「死んだ、カメラマンの佐野恵一が、アフガンと、ミャンマーの阿片地帯の写真を撮っている」

と、十津川は、いった。

「ああ」

と、亀井は、肯いて、

「二人が、海外で、会ったということですね」

「あくまで想像なんだがね。佐野恵一は、自分の兄が、何処かにいると、直感的に知っていたし、柴田真介の方も、自分に、弟がいるのではと思っていた。お互いに、会ってみたいと思っていた。それが海外で、偶然出会った。そんなことを、ふと考えたんだよ」

「血が、呼び合ったというわけですかね」

「カメさんは、うまいことをいうね」

「二人が、出会ったあと、どうなったんですかね？」

と、亀井が、きく。

「二人が、感動して、抱き合ったとは考えにくい」

「どうしてです？」

「それまでの生き方が、違う」

と、十津川は、いった。

「そうですね。双子でも、育った環境で、全く違った人格になるといいますからね」

「恵一の方は、両親の愛情に恵まれて育ち、自分の好きなカメラマンの道に進んだ。真介の方は、実の父親に捨てられ、母親は、発狂して、死んだ。違い過ぎる」

「ええ」

「そんな二人が、出会ったらどうなるか。恵一の方は、兄の真介と出会って、多分、喜んだろう。だが、真介の方は、違った筈だ。彼は、恵まれて育った恵一を、憎んでいたと思う」

「わかります。他人なら、恵まれた生活を送っていても、何とも思わないでしょうが、自分と、血のつながっている人間なら憎みますよ。近親憎悪というやつです」

と、亀井は、いった。

「近親憎悪か」

と、十津川は、呟いてから、

「全て、想像に過ぎないんだが、二人は、海外で、出会った。以来、恵一の方は、兄の真介のことを、心配し続けた。兄の真介の方は、弟の恵一を、憎み続けた」

「多分、そうだと思います」

「だが、血がつながっているから、本能的に、お互いのことが、わかったんだと思う。あの連続殺人事件が起きたとき、恵一は、本能的に、兄の真介の犯行だと、直感したんじゃないだろうか。だが、兄を警察に売ることは、出来なかった。その代り、兄が、なぜ、あんな残酷な事件を引き起こすのか、それを知りたくて、事件を写真で、追ってみたんだ」

十津川は、一語、一語、かみしめるようにいった。

「真介の方は、写真集を見て、弟の恵一が、自分が犯人であることに気付き、いつか、警察に、そのことを知らせるだろうと、考えたんでしょうね。だから、いつか、弟を殺して、その口を封じなければならないと、思ったんですよ」

と、亀井が、いった。

「そして、郡上八幡の祭りの時、殺したんだ」

「恵一のポケットに、覚醒剤を入れておいたのは、彼に対する憎しみの表れでしょうね」

「それに、自分と母親を捨てた父親への、復讐もあるだろう。死体が見つかって、総監の息子が、覚醒剤をやっていたということになれば、スキャンダルになるし、総監も、辞職せざるを得ないからね」

「真介自身も、覚醒剤を、やってるんじゃありませんか？」

と、亀井が、いった。

「かも知れないな。いや、間違いなく、やっていると思う」

「そう思われますか？」

「四年前に、四人の女を殺したが、突然、殺人は、止《や》んでしまった」

「そうです。それで、警察は、事件を追えなくなったんです」

「覚醒剤のせいじゃないか？」

「と、いいますと？」

「シャブ中毒で、何処かの病院に入って、治療を受けていたんじゃないだろうか？　だから、殺人は、急に止んでしまった。考えられるじゃないか」

「その可能性はありますよ」

亀井は、眼を輝やかせた。

「退院したあとで、真介は、弟の恵一が作った写真集を見たんだよ。写真集が出て、二年もたってから、恵一を殺す気になったのは、おかしいと思っていたんだが、そう考えれば、納得できる」

と、十津川は、いった。

「しかし、どうやって、真介が、収容されていた病院を探しますか？　日本中を探すのは、大変ですよ」

「四年前の連続殺人の最後は、大阪で起きている。東京、名古屋、京都ときて、大阪で、四人目が殺された」

「大阪へ行きましょう」

と、亀井は、いった。

翌日、大阪に引き返した。

府警本部に行き、大阪府内で、麻薬中毒患者の治療に当っている病院を、教えて貰った。

三つの精神科病院を教えられた。

十津川は、亀井と、その一つ一つを訪ねてみることにした。

二つ目は、南大阪にある「大阪ライフケアホスピタル」だった。

一見すると、リゾートホテルのような外見だが、ホテルと決定的に違うのは、どの部屋にも、格子が、はまっていることだった。

一階の事務局で、来意を告げ、柴田真介の写真を見せた。

白衣姿の中年の職員は、写真を見て、

「ああ。この人なら、覚えていますよ」

「やはり、ここに、入院していましたか」

と、十津川は、眼を輝やかせた。

「四年前の八月です。暑い日でした。救急車で、運ばれて来たんです。完全な中毒症状を示していました」

と、野村という職員は、いった。

四年前の八月といえば、大阪で、四人目の女性が殺されたのが、六月だから、その二ヶ月後ということになる。

「それで、どのくらい、ここに、入院していたんですか？」

「一年六ケ月です」

「完全に治って、退院したんですか？」

と、十津川がきくと、野村は、苦笑して、

「ほぼ、治りかけていたんですが、最後は、脱走したんです」

「名前や、経歴は、わかっていましたか？」

と、亀井が、きいた。

「それが、全く、わからないのです。質問しても、答えませんでしたね。ただ、頭のいい人間だということは、わかりました。頭が切れて、ずる賢い男だと思いましたよ」

「頭が、切れましたか？」

「脱走する直前は、われわれの指示に、はい、はいといって、油断させていたんです」

「他に、彼のことで、何か、覚えていることはありませんか？」

と、十津川が、きいた。

「血を見ると、興奮してましたね。異常なくらいでした」

「名前も、経歴も、いわなかったんですね？」

「そうです。最初は、クスリのせいで、おかしくなっているのかなと思ったんですが、あれは、意識して、隠していたんだと思います」

と、野村は、いった。

他に、野村は、患者に、前科があるのではないかと思い、指紋を採って、照会したが、前科がないとわかって、ほっとしたとも、いった。

（その時は、四人の女を殺していたんだ）

それをいったら、野村はびっくりするだろうと思ったが、十津川は、黙っていた。

十津川は、野村に礼をいって、病院を出た。

「想像した通りでしたね」

と、亀井が、歩きながら、いった。

「少しずつ、ジグソーパズルのパーツが、埋っていく感じだよ」

と、十津川は、いった。

バスに、乗った。

「これから、どうしますか？」

と、亀井が、きく。

「東京に戻ろう」

「東京ですか」

「そうだ。東京で、調べたいことがある」

と、十津川は、いった。

新幹線で、二人は、東京に向った。

「柴田真介は、今、何処にいると思いますか？」

車内で、遅めの昼食に、駅弁を食べながら、亀井が、きく。

「多分、東京だ」

と、十津川は、いった。

「なぜ、東京だと思われるんですか？」

「母親は、発狂して死に、弟の恵一は、自分の手で殺してしまった。あと、彼と、血のつながっている人間といえば、父親だけだ」

「だから、東京ですか？」

「カメさん流にいえば、血が、呼ぶんじゃないかな」

と、十津川は、いった。

「父親に対しては、どんな感情を、持っているんでしょうか？」

「総監は、自分と母親を捨てた男だ。憎んでいるだろう。だが、その一方で、十三の警察には、おれの父親は、警察の偉い人なんだと、自慢もしている」

「そうでしたね」

「だから、文字通り、愛憎半ばするんじゃないかな」

と、十津川は、いった。

「ひょっとすると、追いつめられて、最後には、父親を殺そうとするんじゃありませんか？」

「その可能性は、あるんだ。それで、全てを終らせようとするかも知れない」

と、十津川は、いった。

東京駅に着くと、二人はまっすぐ、タクシーで、国会図書館に向った。

コンピューターで、佐野恵一が書いたエッセイや、旅行記全てを、検索して貰い、それが、のっている雑誌を、借り出した。

二人で、それらの雑誌に、眼を通していく。

彼の旅行記の中に、柴田真介のことが、出て来てないかを、知りたかったからである。

なかなか、出て来ない。時間が、過ぎていき、閉館の時刻が、近づいてくる。

突然、亀井が、

「ありました！」

と、叫んだ。

それは、総合雑誌に、佐野恵一が、写真入りで、連載した旅行記だった。


〈アジアの貧困地帯を歩く〉

と、題されたものだった。

その中の、ミャンマーの「阿片地帯を行く」というページだった。

〈――その時、一人の日本人が、歩いてくるのにぶつかった。

私と同じくらいの年齢の男だった。

その男の顔を見たとき、私は、自分の身体に、電流が走るのを覚えた。

私が、今まで、会いたいと念じていた相手だった。

（血が、呼んだのだ）

と、私は、思った。

同時に、相手の顔にも、驚きの表情が、走るのが見えた。

彼も、一瞬にして、私が、誰かを感じとったのだ〉

会った相手の名前も書いてないし、兄とも書いてはいない。

だが、これは、明らかに、兄の真介のことだ。

そこで、どんな会話が、交わされたのかも、記述はなかった。

十津川は、想像した。

恵一は、ひたすら、懐しがったに違いない。だが、真介の方は、憎悪を、押し隠して、相槌を打っていたのではないだろうか。

カメラマンの恵一が、何をしに、ミャンマーの阿片地帯に出かけたのか、簡単に想像がつく。「アジアの貧困地帯を歩く」というテーマに沿って、取材に出かけたのだろう。貧困から逃れるために、麻薬を作り、それが、また、新たな貧困を生むという悪循環の実態を、カメラに、おさめようとしたのだろう。

だが、真介の方は、なぜ、阿片地帯へ行ったのだろうか？

取材とも思えないし、そこで、ボランティア活動をするためでもないだろう。何か、面白いことでもあると思ったのか。それとも、東南アジアを、歩き廻っていて、たまたま、迷い込んだのか。

恵一の書いた旅行記を、何度も読み直してみたが、ただ、あっさりと、次の文章が見つかっただけだった。


〈ここには、いろいろな思惑を抱いた日本人も来ていた〉


それだけである。

恵一の方は、最近の写真集に、略歴ものっていたから、いつ、アジアの旅行をしたのか、一回だったか二回だったかも、はっきりわかるのだが、真介の方は、はっきりしなかった。

東南アジアで、何か、犯罪を起こしたのかも、知るすべがない。

そこで、若い女を殺していれば、それが、日本での連続殺人の萌芽と考えられるが、記録がないので、決めつけるわけにはいかなかった。

十津川は、これまでにわかったことをベースにして、柴田真介の略歴を、作ってみた。

柴田真介
一歳　熱海の芸者、小春の子として生れる。父、佐野真太郎。
十四歳　母、発狂して、熱海の海に投身して死亡。
同年　和歌山県龍神村の親戚に貰われる。
十八歳　和歌山県を出奔する。
　大阪十三《じゅうそう》のパチンコ店Kに、住み込みで働く。
　よくケンカをする。
二十一歳　京都の料亭「よしの」で、板前の修業を始める。
二十三歳　女子大生の三枝恵美を、自分の車に乗せて、十二時間連れ廻し、暴力を振う。
　父親が手を廻し、示談とし、また父親が、金を出して、日本を離れさせる。

二十四歳　ミャンマーの奥地、阿片地帯で、弟の恵一と出会う。しかし、そこで、二人の間に、何があったか不明。
二十九歳　東京、名古屋、京都、大阪で、連続女性殺人を引き起こし、血文字を残す。
同年　大阪で、覚醒剤中毒のため、南大阪の精神科病院に収容される。
（この年、恵一が、連続殺人を追った写真集を出す）
三十一歳　精神科病院を、治療途中で、脱走する。
三十二歳　郡上八幡の祭りの夜に現われ、弟の恵一を、小倉由美と一緒に車ごと、御母衣ダムに沈めた。
三十三歳　小倉由美の妹、さやかを殺し、また血文字を残す。

4

「彼が、いつ、日本に帰って来たか、知りたいね」

と、十津川は、いった。

「入国の記録を調べれば、わかるでしょう」

と、亀井が、いった。

二人は、翌日、外務省に行き、問題の時期に、柴田真介の入国記録がないかどうか、調べて貰った。

今は、コンピューターで、簡単に、検索できる。

柴田真介の名前も、すぐ、見つかった。

あの連続殺人事件が、起きた年の、前の年の十一月五日に、彼は帰国しているのだ。

「彼は、確か、タイから、強制送還されたんですよ」

と、係官は、十津川たちに、いった。

「何をやったんですか？」

「女性に対する暴行だと聞いています」

「向うの警察に、よく逮捕、起訴されませんでしたね？」

十津川が、きいた。

「相手が、タイの女性だったら、多分、暴行罪で、刑務所へ放り込まれていたと思いますよ。ただ、彼の場合は日本人だったんです」

「日本人？」

「そうです。東南アジアを放浪している日本女性も、沢山いましてね。柴田は、そんな女性の一人と、同棲していたんです」

「その女性に、暴行を働いたということですね」

「バンコクで起きた事件なんですが、女性の方は、病院に運ばれたそうで、殺されそうになったといい、柴田の方は、単なる痴話ゲンカだと主張し、結局、国外退去ということになったんです。どうやら、柴田は、前から、タイ警察に、要注意人物として、マークされていたみたいなんですよ」

「彼は、バンコクで、何をしていたんですか？」

「はっきりしたことは、わかりませんが、向うにも、日本のヤクザが、入り込んでいましてね。覚醒剤や、売春に関係しているみたいなんですが、柴田は、語学の才能があって、通訳みたいにして、働いていたと思われるのです」

と、係官は、いった。

やはり、真介は、向うで、危い仕事をしていたのだ。

女性に対する憎悪みたいなものも、彼の心にずっと、根を張っていたのだろう。それが、同棲していた日本女性に対する暴行になったに違いない。

十津川は、三上刑事部長から、バンコク警察に対して、この事件について、照会してくれるように、頼んだ。

その回答は、一週間後に、届けられた。

〈あの事件は、十月二十八日の夜に起きました。

バンコク市内に住む、タナカ・ミヨコ、二十六歳が、暴行を受け救急車で、病院に運ばれたというので、私が、事情聴取に出かけました。

顔が、腫《は》れていて、彼女は、泣きながら、殺されると思ったというのです。

それで、われわれは、その相手の日本人、シバタ・シンスケを逮捕しました。彼の証言では、二人は、市内のマンションで同棲しており、殺そうとしたというのは、彼女の思い違いで、単なる痴話ゲンカだというのです。

タナカ・ミヨコは、絶対に、告訴すると主張しましたが、結局、水かけ論になってしまいました。

われわれが、これを機会に、シバタ・シンスケを国外追放にしたのは、前々から、われわれが彼をマークしていたからなのです。

ここ数年、日本から、ヤクザが入り込んで来て、わが国の闇の組織と手を結び、売春、麻薬などに、手を出しているのです。

シバタ・シンスケは、語学の才能があり、タイ語、英語が話せるので、二つの組織間の、通訳をしていました。もう一つ、シバタは、女たち、特に売春婦たちを殴ることでも、噂になっていました。ただ、女たちは、全く、被害届を出さないので、暴力行為で、逮捕できずにいたんです。いわば、不良外国人の一人だったのです。それで、これを機会に、国外追放を決めたわけであります〉

「真介は、京都にいた時から、それから日本を出てからも、女性に対して、暴力を振うことが、多かったということですね」

と、亀井は、いった。

「そうだな。それに、多分、タイで、覚醒剤を覚えたんだろう」

「女性に対して、暴力を振うようになったのは、母親に対する特別の感情のせいですかね？」

「彼は、母親を愛し、同時に憎んでいた。それに、自分も、母親と同じように、発狂するのではないかという恐怖を、絶えず持っていたんだと思うね。それが、複雑にからんで、女性に暴力を振い、いつか、それが、殺人にまで、発展していったんだと思うね」

と、十津川は、いった。

「しかし、アルバイトをしながら、高校を卒業したり、パチンコ店で働いたり、京都で、板前修業をしたりもしているんですね」

亀井が、不思議そうに、いった。

「彼は、バカじゃないんだ。十三の元警官も、京都の料亭の女将も、頭は切れた、といっている。タイでは、短期間に、タイ語や、英語を覚えたともいうじゃないか。だから、彼なりに、しっかり生きようと、思うこともあったんだと思うね。だが、上手くいかなかった。それを、彼は、自分の血のせいだと、思っていたかも知れないな」

と、十津川は、いった。

岐阜県警の早川警部から、十津川に、電話が入った。

「探していた本橋やよいの死体が、発見されました」

と、いうのだ。

「何処で、見つかったんですか？」

「御母衣ダムです。水位が、更に下りましてね。干あがった場所のヘドロの中から、発見されました」

「殺しですか？」

「背中を刺されていました。死亡した時期ははっきりしませんが、どうやら、去年の八月、郡上八幡の祭りの頃だと、思われます」

と、早川は、いった。

「同じ犯人という感じがしますか」

「そうでしょう。犯人は、本橋やよいを殺す前に、佐野恵一と、小倉由美を車ごと、御母衣ダムに、沈めたんだと思いますね」

「同感です」

と、十津川は、いった。

5

本橋やよいの死は、タレントだけに、テレビのワイドショーで、取りあげられた。

彼女が、所属していたプロダクションの社長は、懸賞金まで出して探していたのに、残念だと眼をしばたき、その金で、彼女のために、立派な墓を立てるといった。

早川警部が、合同捜査のために、上京してきた。

彼をまじえて、捜査会議が、開かれた。

十津川は、その席で、遠慮なく発言した。

「犯人は、柴田真介に間違いないと、思います。彼の犯行の動機は、彼の生い立ちに関係があると考えます。彼は、佐野総監が、二十代で、熱海署長だったとき、小春という芸者との間に生れた子供であります」

　十津川は、そこでいったん、言葉を止め、ちらりと、三上本部長の顔を見たが、三上は、何も、いわなかった。

　ここまできたら、佐野総監の名前を伏せて、極秘で進めることは、不可能だと、悟ったのだろう。

　十津川は、言葉を続けた。

「真介が中学生のとき、母親は、発狂して、入水自殺しました。彼の心に、このことが、深い影響を与えたと思われます。男に捨てられた女だということで、母親を憎み、軽蔑しながら、同時に、愛してもいた。その上、自分も、いつか、母親のように発狂するのではないかという恐怖です。彼は、和歌山の田舎の親戚に貰われていきますが、高校を卒業すると同時に、和歌山を出てしまいます。その後の足跡は、簡単に、メモしてありますので、それを見ながら、私の話を聞いて下さい。彼は、京都で、板前修業をしている時、三枝恵美という女子大生に、暴行を加えています。それが、最初の、女性に対する犯行だと思います。その時、佐野総監が、手を廻して、警察庁の友人に頼み、何とか、示談にして貰った。父親としての、せめてもの償いだと思われたのかも知れません。

　そして、真介を、外国に行かせたのです。日本においては、三枝恵美に対して、またストーカー的なことをするのではないかという、不安からだったと思います。真介は、いつも、自分の父親は、警視庁の偉い人なんだという意識があり、もう一つ、自分には、血を分けた弟がいるという意識があったんだと思います。その弟というのは、カメラマンの佐野恵一なんですが、彼の方も、自分には兄がいると、思い続けていたんだと思います。この二人が、ミャンマーの阿片地帯で、偶然、出会っているのです。佐野恵一の方は、仕事で行っているんですが、真介の方は、ただ、放浪していたんだと思います。その後、弟の恵一の方は、ずっと、兄の真介のことを、気にかけていたと思いますが、真介の方は、弟の恵一を、憎んでいたのではないかと思います。

その後、真介は、バンコクで同棲していた日本女性を、死ぬような目に合わせて、国外追放になって、日本に、帰って来ます。そして、あの連続殺人が、起きるのです。これは、真介の犯行だと、私は、確信しています。彼は、いつも、血を意識していました。発狂死した母親の血、軽蔑していた女の血です。それに、エリートで、警視総監の父親の血です。だから、女を殺したあと、血文字を残したんだと、私は思っています。そのことに、弟の恵一は、気付いたと思うのです。いや、兄の真介が、犯人ではないかと、疑ったのだと思います。それで、事件をカメラマンの眼で追いかけ、写真集を出しました。そして、兄の真介の犯行と確信したが、警察にはいわなかった。あとで、真介は、その写真集を見て、弟に、自分の犯行と気付かれたと、考えました。自分をかばって、警察にいわないでいることに、感謝する代りに、口封じに殺すことを、考えたのです。一年前の夏、カメラマンの恵一は、郡上八幡の祭りに、女優の本橋やよいを連れて、写真を撮りに出かけました。それを知って、真介は、郡上八幡に出かけたのです。

祭りで、恵一を見つけたが、群衆の中で、殺すわけにはいきません。十七日、恵一が、女と一緒に、御母衣ダムから、白川郷へ遊びに行くのを、真介は、追いかけて行ったのだと思います。途中で、多分、御母衣ダムで、出会ったんでしょう。恵一の方は、懐しがって、無防備で、真介を迎えたと思います。真介は、そんな弟の油断を見すかして、女と一緒に気絶させ、車ごと、ダムに沈めたのです。ただ、弟は、本橋やよいと一緒だと思ったのに、違う女と、一緒だった。それだけでなく、これも私の想像ですが、何らかの事情で一度ベンツから降りて別れた本橋やよいが、恵一に用があって、タクシーか何かで、御母衣ダムまで追いかけて来たのではないか。そして、恵一のベンツを見つけて、タクシーを返し、車に駈け寄ってきた。ところが、その時、真介が、車ごと、恵一と、小倉由美を、ダムに沈めようとしていたんだと思います。きっと、何をするのと、本橋やよいは、大声を出したんでしょう。あわてた真介は、逃げようとする彼女を背中から刺し殺し、同じように、ダムに、沈めたのだと思っています。七ケ月後、ダムが干あがって、三人の死体が、次々に見つかったのです」

十津川は、そこまでいって、一息ついた。

岐阜県警の早川警部が、手をあげて、

「一つ、疑問を持っているんですが」

と、いった。

「何でしょうか？」

と、十津川が、早川を見た。

「小倉由美の妹のさやかのことです。彼女を殺したのも、柴田真介だと、思っていますが」

「同感です」

「真介は、小倉さやかに会って、彼女の映したビデオを取りあげようとしていたわけです」

「そうです」

「ところが、さやかはなぜか、犯人をかばって、警察に対して、非協力的でした。そのため、みすみす、彼女を、殺させてしまったんですが、さやかは、なぜ、犯人をかばったんですかね？　それが、今になっても、わからないのですよ」

と、早川は、いうのだ。

「その件は、私も、考えてしまいました。その結果、二つの理由を、考えたんです。一つは、自分に近づいてくる真介を、小倉さやかは、まさか、自分の姉を殺した犯人とは、思わなかったのではないかということです。もう一つは、真介の魅力です」

十津川がいうと、早川は、びっくりした顔で、

「魅力ですか？」

「私は、彼と、話したことがありません。それに、凶悪犯です。しかし、何処かに、魅力のある人間ではないかと、思うのです。大阪の十三で、彼に会った元警官は、頭がよくて、魅力的な少年だったと、いっています。真介は、悪人ですが、悪人なりの魅力があり、小倉さやかは、その魅力に、負けたのではないかと、思っているのです」

と、十津川は、いった。

それまで、ぶぜんとした顔で、十津川の説明を聞いていた三上本部長が、

「それで、柴田真介は、今、何処にいると思っているのかね？」

と、きいた。

「東京だと、思っています」

と、十津川は、いった。

「なぜ、東京なんだ？」

「これは、亀井刑事と、話し合ったのですが、犯人は、最後は、故郷に帰るといいます」

「彼が、生れたのは、熱海だろう？」

「その熱海には、もう、母親はいません。ですから、私がいうのは、彼の心の故郷です」

「心の故郷？」

「母親は死に、弟は殺してしまいました。あと、残っている肉親は、父親だけです。その父親は、東京にいます。だから、真介は、東京以外に行く所はないと、私は、思っています」

「東京で、また、若い女を、殺すのかね？」

「かも知れませんが、或いは、別の人間を、殺そうとするかも知れません」

「それは、誰なんだ？」

「父親です」

「父親って、まさか、総監のことをいっているんじゃないだろうね？」

「いいえ。彼は、最後に、父親を殺して、全てを完結させようと考えているのかも知れません」

第七章　血の結末

1

十津川は、三上刑事部長に呼ばれて、一通の手紙を見せられた。

「これは、総監の奥さんが持って来たもので、総監は、まだ、見ていらっしゃらないそうだ」

と、三上は、いう。

〈佐野真太郎殿〉

それが、宛名だった。中身は、便箋が一枚。それに、太い字で、次のように、書かれていた。

〈おれはお前を殺す。それで、おれは、おれ自身に結着をつけたいんだ。必ず殺すぞ〉

「血の結着ですか」

と、十津川は、呟いた。

「困ったことに、これを公けにして、大々的に、総監の身辺警護をするわけにはいかないんだ」

三上が、困惑した顔で、いった。

その通りだと、十津川も思った。実の父親を、その子が、殺そうと狙っているのだ。マスコミに知られたら、面白おかしく書き立てるだろうし、ワイドショーの恰好の材料になってしまうだろう。

「総監にも知らせずに、事を処理したいというわけですね？」

「そうしたい。もし、総監が、この手紙のことを知ったら、情にかられて、まともな捜査が出来なくなる恐れがある。だから、総監には、内密に、処理したいんだよ」

「それは、相手を、射殺しても構わないということですか？」

と、十津川は、きいた。

「そうは、いっていない」

「しかし、逮捕して、裁判で、父親である総監のことを、べらべら喋られたら困るわけでしょう?」

「そうだな。喋って貰っては、困る」

三上は、正直に、いった。

都合のいい話だが、これが現実というものだろう。

総監は、警視庁という組織の顔である。その名誉は、何としても、守らなければならないのだ。

「今、柴田真介が、何処にいるか、見当はついていますか?」

と、十津川が、きいた。

「八方手をつくして、調べているんだが、残念ながら、わからない」

「この手紙の消印は、大阪の福島になっていますが」

「そこから、投函したとしても、もう、そこにはいないだろう」

「そうでしょうね。いずれ、父親を殺しに、東京へやってくると思います」

「そこで、君に、頼みたい。君の班で、総監を守り、犯人を見つけて欲しい。すでに、何人もの人間を殺している危険な人物だから、全員が、拳銃所持。わかったね」

と、三上は、いう。

「わかりました。が、総監のスケジュールを、教えておいて下さい」

と、十津川は、頼んだ。

今日から一週間の佐野総監のスケジュールが、コピーして渡された。

十津川は、それを、亀井たちに、一枚ずつ渡した。

十津川自身を入れて、合計八名の人数である。

まず、全員に、拳銃の携行を命じた。

「三上部長は、柴田真介を見つけ次第、射殺しろと、いっているわけですか？」

と、亀井が、十津川に、きいた。

「部長は、暗に、柴田の射殺を、要求している。彼の口を封じることで、警察という組織の名誉が守られると、信じているんだ。少くとも、総監の名誉は、守られるとね」

「警部は、どうされるんですか？　柴田を見つけ次第、射殺しますか？」

亀井が、十津川を見つめた。

「われわれは、法律に従って行動することが、義務づけられている。犯人を見つけた場合は、逮捕令状を示して、身柄を拘束する。いきなり、射殺していいとは、どこにも書かれていない」

「それを聞いて、安心しました」

亀井は、微笑した。

「だからといって、柴田が、総監に危害を加えるのを、黙って見ている気もない。万一の時は、発砲する」

と、十津川は、付け加えた。

「総監は、柴田が、自分を狙っているのを、ご存知ないわけですか？」

西本が、きく。

「その筈だ。柴田が送りつけた脅迫状も、見ておられない」

「どうして、秘密にしているんでしょう？」

「総監は、人情家だ。その上、柴田に対して、母親と一緒に捨てたという負い目を持っておられるだろう。その気持で、何処かで、柴田と出会ってしまったら、自ら、命を投げ出されるかも知れない。それを、部長は、心配しているんだ」

「では、総監は、このスケジュール通りに、行動されるわけですね」

日下は、一週間のスケジュール表に、眼をやった。

「柴田が、今、何処にいるかわからない。わかっているのは、三日前の午後、大阪で、脅迫状を、投函したことだけだ。しかし、必ず、東京に来て、父親である総監を狙う。とすれば、われわれは、このスケジュール表に従って、柴田が、現われるのを待つ方が早いと、思っている。それを、遠巻きにして、出来れば、総監の知らない離れた場所で、逮捕したい」

と、十津川は、いった。

「それなら、総監が、警視庁の外で、何かの行事に出席される場合を、柴田も、狙うと思います」

と、いったのは、北条早苗だった。

「それは、君のいう通りだ」

「明日の午後、総監は、日比谷公会堂で行われる行事に、出席なさいますが、これも、マークする必要があると思います」

と、早苗は、いった。

スケジュール表によれば、去年一年間に殉職した、警視庁所属の警察官の遺族に、総監が、感謝状と記念品を贈るというものだった。

対象者は五名。

その妻や、両親、或いは、兄弟が、呼ばれていて、その名前も、書かれている。

この行事は毎年、行われていた。

「もし、君たちが、この行事を狙うとしたら、どうするね？」

と、十津川は、刑事たちの顔を見廻した。

「出席する遺族に、まず、近づきますね。そして、遺族にまぎれて、総監に近づこうと考えます」

三田村が、いった。

「同感だ。われわれも、遺族に接触してみよう。君のいう通りなら、もう、柴田は、動いているだろうからね」

と、十津川は、いった。

2

刑事たちが、五人の殉職警察官の遺族を訪ねて、散って行った。

十津川と亀井は、その報告を、待つことにした。

念のために、三上刑事部長に電話して確認すると、遺族には、全て、招待状を出してあるという。

最大で、三名まで、来て下さるようにといってあり、全ての遺族から、出席する旨の返事が、来ているということだった。

去年一年間に、殉職した警察官の名前は、次の五人だった。

三宅信也　警部補
吉川成人　刑事
木村晴夫　巡査部長
二木　徹　巡査部長
浅井喜一　巡査

殉職の仕方も、さまざまである。白バイで、犯人の車を追跡中、突然、飛び出して来た子供を避けたため、電柱に激突して死亡した巡査部長もいれば、交番勤務中、道を聞くふりをして入って来て、いきなり、拳銃を奪おうとした、十九歳の若者に腹を刺されたが、ひるまずに、犯人と格闘して逮捕。だが、そのあと、出血死した二十三歳の若い巡査などである。

五人の遺族に会った刑事たちが、帰って来た。

ただ、浅井喜一巡査の遺族に会いに行った日下刑事だけが、会えずに戻って来た。

「彼の姉夫婦が、渋谷区幡ヶ谷のマンションに住んでいる筈なんですが、留守でした」

と、日下は、十津川に、いった。

浅井巡査の遺族の欄を見ると、

伊東康次（三五）　義兄
〃　美奈（二七）　実姉

と、なっていた。

確かに、姉夫婦である。

「この義兄というのは、何をしているんだ？」

と、十津川は、日下に、きいた。

「マンションの管理人は、T建設のサラリーマンだといっていました」

「T建設なら、大手じゃないか。今日は土曜日だったな」

「そうです。明日は、日曜です」

「大手なら、土曜日も休みだろう。夫婦で、遊びに行ってるのかな？」

「今日は、朝からいないようです」

「子供はいないのか？」

「これも、管理人の話ですが、子供はいないようです」

と、日下が、いう。

十津川は、他の刑事たちに、他の遺族のことを、再確認してみた。

全員が、間違いなく、四人の遺族に会って来たという。

「態度がおかしい遺族は、いなかったか？　怯えている感じだとか、明日の行事に、本当は出席したくないみたいだとか、だが」

と、十津川は、西本たちに、きいた。

「三宅警部補の未亡人は、七歳の男の子を連れて、必ず出席しますと、嬉しそうに、いっていました」

と、西本が、いった。

他の三人の遺族も、嬉しそうだったと、三田村刑事たちが、答えた。

「そうなると、ますます、浅井巡査の遺族のことが、引っかかってくるな」

と、十津川は、いった。

「どう引っかかりますか？」

亀井が、きいた。

「明日、行事があるというのに、姉夫婦が、いないということだよ。今、午後七時二十分だ。姉夫婦は、明日の行事に、出席すると返事を出しているんだ。普通なら、前日の今日は、早く帰宅して、ゆっくり休むんじゃないかね」

「何しろ、若くて、子供のいない夫婦ですから、今日中に帰ればいいと、思っているんじゃありませんか」

と、早苗が、いう。

「それを確認したい」

と、十津川はいい、日下刑事に、

「もう一度、幡ケ谷のマンションに行って、今日中に、この夫婦が帰ってくるかどうか、確認してくれ。西本刑事も、一緒に行け」

と、いった。

日下が、西本と二人で、また、出かけて行った。

「浅井巡査の姉夫婦のことが、どうしても、気になりますか？」

亀井が、きいた。

「カメさんだって、気になるだろう？」

「そうですね。他の四人の遺族は、全員、自宅にいて、明日の行事を楽しみにしているのに、浅井巡査の姉夫婦だけ、自宅マンションにいないんですから」

「他に、もう一つ、年齢ということがある。浅井巡査の姉夫婦の、夫の方は、三十五歳だ。柴田は三十三歳だから、他の遺族に比べて、一番年齢が近い。従って、その義兄になりますのが、一番楽な筈だよ」

と、十津川は、いった。

「明日の行事の責任者は、この伊東康次という男について、しっかりと、把握しているんでしょうか？」

亀井が、心配する。

十津川は、もう一度、三上部長に電話して、その点について、聞いてみた。

一時間ほどして、三上の返事があった。

「義兄の伊東の顔を知っている者は、いないな。浅井巡査が殉職したとき、お姉さんは、まだ結婚してなくて、ひとりで、遺体を引き取ったらしい。その後、結婚したんだと思うね」

と、三上は、いった。

「そうですか」

「浅井巡査の遺族に、問題があるのか？」

と、三上が、きく。

「明日の行事には、この義兄も姉も、出席することになっていますね」

「ああ。三人まで、出席して結構ですということになっているからね」

「招待状を持ってくれれば、フリーパスで、行事に出られるわけですね？」

「いちいち、本当の遺族ですかと、確認するわけにもいかないだろう。招待状を持って出席すれば、信用するのは、当然じゃないか」

「受付の人間は、義兄の伊東康次の顔は、知らないわけでしょう？」

「知らなくても、招待状を持っていて、姉と一緒なら、いいんじゃないかね」

と、三上は、呑気にいう。

「柴田真介が、伊東になりすまして、出席するかも知れませんよ」

と、十津川は、いった。

「その可能性が、あるのか？」

「可能性は、あると思います。私は、明日の行事に、遺族の一人になりすまして出席し、総監を狙うとしたら、遺族の誰に化けるだろうかと考えたのです。それで、遺族の顔ぶれを見ると、男で、三十代というと、伊東康次しかいないんです」

「それで、伊東康次は、今、どうしている？」

「行方が、わかりません。姉の美奈も、自宅マンションにはいないので、夫婦で、何処かへ出かけているのかも知れませんが」

「はっきりしたことは、わからないのか？」

急に、三上の声が、甲高くなった。

「今、刑事を二人行かせて、調べさせています」

「君は、柴田が、伊東夫婦を誘拐したと思っているのか？」

「可能性を考えてみたんです。柴田が、明日、日比谷公会堂で、総監を殺すことを考えたとします。何とかして、総監に近づくことを考え、遺族の一人になりすます。一番身代りになりやすいのは、浅井巡査の義兄だと思い、今日、伊東夫婦を、誘拐した。そして、明日、美奈を脅し、夫婦を装って、会場に出席する。そう計画し、実行しているのではないかと、考えているんです」

と、十津川は、いった。

「しかし、柴田真介の顔は、写真でわかっているし、会場の警備に当っている警官には、彼の写真を持たせている。第一、君たちがいるじゃないか。柴田が、伊東になりますということが、果して、出来るかね？」

「部長。今のメイクは、驚くほど、進歩していますよ」

と、十津川は、いった。

「伊東夫婦のことを、今日中に、しっかり調べて、わかり次第、私に報告してくれ」

と、三上は、いった。

西本と日下の二人が、電話してきた。

「伊東夫婦は、まだ、帰って来ていません。どうしたらいいですか？　このまま、じっと、帰って来るのを待ちますか？」

と、西本が、きく。

「管理人に、ドアを開けて貰って、部屋に入って、調べてみろ」

と、十津川は、いった。

「そんなことをして、構いませんか？」

「今は、緊急事態だ。私が責任を持つ。もし、途中で、伊東夫婦が帰って来たら、事情を話して、了解を貰え。明日、総監襲撃の噂があり、犯人が、遺族に化けて、会場に侵入する怖れがあるというんだ。柴田真介の名前は出すな」

と、十津川は、いった。

更に一時間たった。すでに、十二時に近い。

「部屋には、誰もおりませんでした。室内が、荒らされている様子は、ありません」

と、今度は、日下が、報告した。

「行先がわかるようなものは、見つからないのか？」

「何も、見つかりません。夕食をとった気配はありませんから、昨夜、夕食前に、出かけたと思われます」

と、日下は、いう。

「アドレス帳のようなものは、ないのか？」

「ありました」

「電話番号も、書いてあるか？」

「あります」

「それでは、片っ端から電話して、伊東夫婦が行っていないかどうか、聞いてみてくれ」

と、十津川は、いった。

何とかして、伊東夫婦の行方を確認しないと、不安は、消えてくれないのだ。

腕時計は、十二時を廻り、翌日になってしまった。

西本から、電話が入る。

「日下と二人で、アドレス帳にあった全員に、電話しましたが、伊東夫婦が来ているという返事は、聞けませんでした」

「なしか？」

「そうです」

「まだ、部屋の中か？」

「そうです」

「それでは、明日の行事の招待状を、探してみてくれ。それを持って出かけたかどうか、知りたいんだ」

と、十津川は、いった。

もし、柴田が、伊東夫婦を、誘拐したとしても、肝心の招待状が無ければ、また、マンションに戻ってくるだろう。その時、逮捕できる。

しかし、しばらくして、日下が、

「見つかりません。机の引出し、洋ダンスの引出し、それに、吊してある服のポケットも、全て探したんですが、どこにも見つからないのです」

と、いってきた。

（まずいな）

と、十津川は、舌打ちしてから、

「伊東康次の写真が、ぜひ、欲しいね。探してくれ」

「彼の写真は、一枚だけ見つかりました。夫婦で、一緒に写っているもので、机の上に飾ってありました」

「それを、君か、西本か、こっちへ持って来てくれ。一人は、そこで、伊東夫婦が戻ってくるのを待つんだ」

と、十津川は、いった。

日下が、その写真を持って、戻ってきた。

フォトスタンドに入った、夫婦の写真だった。

(これが、伊東康次か)

十津川は、男の方を、凝視した。

ひげ面で、長髪だった。髪は、茶色く染めている。

夫婦とも、軽装だった。

妻の美奈の方は、恥しそうな顔をしている。

「この写真を、多量に、コピーしてくれ」

と、十津川は、日下に、いった。

3

伊東美奈は、怯え切っていた。

夫の伊東康次は、縛られ、手ひどく殴られ、車の隅に、放り出されていた。

この大型バンも、多分、犯人が、何処かで盗んで来たものだろうと、思った。

とにかく、この犯人は、異常だ。

「これが、招待状か」

と、柴田真介は、二枚の招待状を、見つめた。

「警視総監、佐野真太郎――か」

と、呟いて、ニヤッと笑った。

そのあと、柴田は、怯えている美奈に眼を向けた。

「これから、明日の予行演習をやっておこう」

「何のことをいってるのか、わかりませんわ」

と、美奈は、いった。声が、ふるえている。

「明日、あんたたち夫婦は、殉職した弟の遺族として、日比谷公会堂へ行き、警視総監から感謝状を受けるんだろう？」

「でも、これでは、出席できません」

「いや、出席するんだ。おれが、旦那の代りを勤める。旦那は、あの調子じゃ役に立ちそうにないからな」

「畜生！」

と、伊東が、呻き声をあげて、起き上ろうとする。

「うるせえな」

柴田は、舌打ちをし、振り向くと、いきなり、サイレンサーつきの拳銃で、射った。

伊東の身体が、もんどり打って倒れ、胸から、血が、吹き出した。

美奈が、声にならない悲鳴をあげた。

その顔を、柴田が、引っぱたいた。

「いいか。もう一度だけいうぞ。これから、明日の予行演習をやる。おれが、お前の旦那だ。一緒に、夫婦として、公会堂へ行き、総監から感謝状を貰う。それだけだ。おれが右、お前が、左だ。弟が死んで、間もないんだから、明るい顔をしなくてもいい。旦那は、死にかけてる。それを考えれば、悲しそうな顔は、出来るだろう」

「主人を、助けて下さい」

「まだ、死んじゃいないよ。ただ、死にかけてるんだ。お前が、おれのいうことを聞かなければ、本当に死ぬぞ」

「病院へ連れて行って下さい！」

と、美奈は、叫んだ。まだ、伊東の胸のあたりから、血が、流れ続けていた。

柴田は、また美奈の顔を、引っぱたいた。

「二度というなよ。また、病院へ連れて行けと、おれに命令したら、もう一発、旦那を射つ。今度は顔の真ん中だ。そうすりゃあ、病院へ行く必要もなくなる」

「――――」

「いいか。明日、必ず、おれの左側にいるんだ。右側に来られたんじゃあ、拳銃が使いにくいからな」

「明日、何をするつもりなんですか？」

「おやじを殺す」

「おやじって、誰のことなんです？」

「おやじは、おやじだよ。首尾よく殺せたら、お前を釈放してやるし、旦那を、病院に行かせてやる」

と、柴田は、いった。

「あのままじゃあ、主人は、死んでしまいます。せめて、私に、止血させて下さい。お願いします」

美奈は、哀願した。

「まあ、いいだろう」

と、柴田は、あっさり許した。

美奈は、倒れている夫に近づくと、ハンカチを、血が出ているところに、押し当てた。

それから、靴下を脱ぐと、それを包帯にして、伊東の身体に、巻きつける。

血は、止まったように見えた。

だが、伊東は、苦しげに呻き声をあげ、身体を動かそうとする。

「動かないで」

と、美奈は、夫の耳にささやいた。

「動くと、危いわ」

「そうだ。じっとしていろよ。動くと死ぬぞ」

柴田が、笑いながら、いう。

彼は、つけひげをつけ、茶髪のかつらをかぶって、鏡に、自分の顔を映してみた。

(大丈夫だ。これで何とか、誤魔化せる)

と、柴田は、鏡の中の自分に向って、呟いてみた。

4

伊東夫婦の写真が、多量にコピーされた。

十津川は、改めて、その写真を見つめた。

間もなく、夜が、明ける。

「伊東康次は、建設会社のサラリーマンだったな」

十津川は、確認するように、亀井にいった。

「そうです。T建設の社員です」

「T建設といえば、大手の建設会社だ」

「そうです」

「その社員が、こんなに、不精ひげを生やしたり、茶髪にしているかね？」

「今は、大会社でも、変った社員がいますが」

「それに、この夫婦の写真は、明らかにポラロイドだよ。ポラロイドで、撮ったものを、机の上に飾っておくかな？」

「そういわれると、多少不自然な感じがしなくもありませんが」

亀井が、いう。

「ひょっとするとこの写真は、インチキかも知れないぞ」

と、十津川は、いった。

「しかし、この男は、柴田真介じゃあ、ありませんよ」

と、亀井が、いう。

「それは、わかっている」

と、十津川は、肯いたが、

「もう一つ、伊東美奈の方も、おかしい」

「何処がですか？　恥しそうにしているのが、おかしいんですか？」

「これは、恥しがっているんじゃないのかも知れないぞ。怯えているんじゃないか。夫の方も、固い表情じゃないか」

「どういうことですか？」

亀井は、まだ、十津川のいいたいことがわからずに、きく。

「夫婦が並んでいて、こちら側に、ポラロイドカメラを持った人間がいるんだ」

「その人間に対して、顔をこわばらせ、怯えているということですか？」

「そいつが、もし、柴田真介だったら、無理に写される伊東夫婦の表情が、こわばり、怯えていても、おかしくはない」

「なぜ、柴田は、こんな写真を、わざわざ撮ったんですかね？」

「明日、伊東康次になりすましても、顔を見られれば、ばれてしまう。そのために、明日は、つけひげの上に、茶髪のかつらをかぶって、誤魔化そうと考えた。しかし、本人の伊東も、そんな恰好を、普段していなくては、おかしくなる。それで、本物の伊東に、茶髪のロングで、ひげを生やしておこうと、考えたんだ」

「それで、こんな写真を撮って、机の上に、飾っておいたわけですか？」

「柴田は、われわれが、必死になって、伊東康次の顔写真を探すだろうと、考えていたんだ。それで、先手を打って、この写真を、机の上に、立てておいたのさ」

と、十津川は、いった。

「そして、明日、柴田は、ひげをつけ、茶髪のかつらをかぶって、公会堂に、美奈を連れて、出席するという計画なんですね」

「間違いないと思う」

と、十津川も、いった。

彼は、三上部長に、再び電話をし、自分の考えを伝え、写真も、ＦＡＸで送った。

「明日、こんな恰好で、柴田が、会場に現われるというんだね？」

「断定は出来ませんが、柴田が、明日、会場で総監を狙う気でいるとすれば、その準備として、伊東夫婦を脅迫し、その写真を、無理矢理撮って、部屋の中に、わざと飾っておいたんだと思うのです」

と、十津川は、いった。

「もし、柴田が、そうしていたとすると、伊東夫婦が危険だな」

「それで、必死に行方を探していますが、見つかっていません」

十津川は、そういうより仕方がなかった。

「どの程度、危険な状況に、伊東夫婦が置かれていると思うかね？」

「冷静に考えて、伊東美奈の方は、無事だと思っています。明日、伊東夫婦として、出席したいわけですから、とにかく、明日まで、美奈には、生きていて貰わなければならないからです」

「夫の伊東康次の方は、どう考えている。柴田は、平気で、何人もの人間を殺しているんだ。妻の方だけが必要なら、足手まといの夫の方は、簡単に殺してしまうんじゃないか」

と、三上は、いう。

「私も、それを一番恐れていますが、夫の伊東を殺してしまうと、妻の美奈が、柴田に協力しなくなるか、或いは、会場で、芝居が出来なくなる。それを考えて、柴田が、夫の方も、生かしておいてくれるのを、期待しているんですが」

と、十津川は、いった。

「そうだな。私も、それを期待したいね。君の考えでは、明日、いや、今日か、柴田真介は、伊東美奈と二人で、浅井巡査の遺族として、会場に現われるだろうというのだな？」

「そうです。今日になっても、伊東夫婦の所在が不明だというのは、異常です。私としては、誘拐、監禁されているというのが、当然の考えですし、身代金目的の誘拐とは、考えられません。それならば、夫婦のどちらかを誘拐し、もう一人に、要求するでしょうから。とすれば、柴田が、総監襲撃のために、伊東夫婦を誘拐したのは、まず、間違いないと思います」

と、十津川は、いった。

「問題の行事は、今日の午後二時から始まる」

「はい」

「私としては、総監の眼の届かないところで、それも、大きな騒ぎを起こさずに、事件を解決してしまいたいのだ」

「わかっています。私も、公会堂からなるべく離れた場所で、柴田を阻止したいと、考えています」

と、十津川は、いった。

「公会堂周辺の地図は、持っているか？」

「持っています」

「柴田は、何処から、現われると思うかね？」

と、三上が、きく。

十津川は、携帯を耳に当てた姿勢で、日比谷の地図を、眺めた。

「柴田が、今、何処に隠れているかわかりませんが、公会堂に近づく方法としては、地下鉄の日比谷でおりて、公会堂まで歩くか、タクシーで乗りつけるか、JRの有楽町か、新橋駅でおりて、歩いてくるかのいずれかだと思うのです。JRの駅と、地下鉄の駅は、張り込みを行うつもりです。タクシーの場合は、公会堂のタクシーおり場に、刑事を置こうと、思っています」

「その他の手段で、柴田が、やってくることは、考えられないかね？」

と、三上がきく。

「私の推理では、柴田は、何とかして、総監に近づこうとすると思うのです。あの脅迫状を出していますから、拳銃を片手に、突進するような乱暴なことはしない筈です。それに、それなら、伊東夫婦を誘拐する意味がありません。それを考えると、公会堂に近づくまでは、目立たないように、他の遺族と同じように、公会堂にやってくると思うのです」

「長髪に、不精ひげを生やし、義兄になりすまして、実姉と連れ立って、やってくるというんだな？」

「われわれが、気付いているのを知らなければ、その通りだと思います」

「それなら、簡単に見つけられるだろう」

と、三上は、いった。

「その通りですが、柴田は拳銃を所持していると、私は、思っています。その上、伊東美奈を、人質にとっているわけですから、拳銃を発砲して、彼女が傷つくのが、心配です。全く無関係の市民が、犠牲になる恐れもあります」

「君たちは、全員、拳銃を携帯するわけだろう」

「そうです」

「それなら、柴田を発見次第、彼が、人質の伊東美奈や、一般市民を射つ前に、彼を射殺したまえ」

と、三上は、いった。

「何もしない人間を、たとえ犯人でも、射殺するのは、どうでしょうか」

「一瞬のためらいが、大きな犠牲を生むことになるんだ。それを考えておきたまえ」

三上は、厳しい声でいい、電話を切ってしまった。

予想通りの、三上の態度だった。

十津川としては、自分の考えに従って、行動しなければならない。

亀井たちと、柴田が果して、何処から現われるかを考えた。

日曜の東京は、大企業が休みなので、閑散としている。

特に、官庁街に近い日比谷周辺は、静かに違いない。

車は、すいすい走るだろう。

「だが、車で、公会堂にやってくるとは思えない」

と、十津川は、地図を見ながら、いった。

「なぜですか？」

「公会堂の近くは日比谷通りと、それに、直角に交叉する道路があるが、今日は、警察が、厳重な交通規制を敷いているそうだよ。車をとめられたら、逃げようがない」

「では、どちらから、何を使って、公会堂にやってくるとお考えですか？」

「多分、この日比谷公園を抜けてくると、私は思っている」

十津川は、地図の緑色の部分を指さした。

「官庁街も、オフィス街も、がらんとしているが、この日比谷公園には、市民が集っているると思う。今日は、天気が良さそうだからね。柴田は、地下鉄でやって来て、人ごみにまぎれて、公園を抜け、公会堂に行く筈だ」

「地下鉄ですか？」

「そうだ。地下鉄の日比谷か、霞ヶ関でおりて、日比谷公園に入ると、睨んでいる」

「しかし、霞ヶ関の駅は、広くて、出口が沢山あります」

と、亀井が、きく。

「駅を監視しつつ、柴田の目的は、日比谷公園に入り、人ごみにまぎれて、公会堂に近づくことだと思うから、公園の入口に、一人ずつ見張りを立て、柴田が、公園に入ったら、公園内で、検挙する」

と、十津川は、いった。

十津川の予想した通り、好天に恵まれた日比谷公園には、人々が集ってきた。

園内のテニスコートでは、朝早くから、テニスが始まった。

大音楽堂では、今日は、アメリカのオーケストラがやって来ていて、その音楽祭があるので、それに集る人々も、公園を通って、音楽堂に向って歩いていた。

他に、若いカップルも、数多く公園に、姿を見せている。

十津川は、中央にあるレストラン松本楼の中で、コーヒーを飲みながら、公園の各入口に置いた、西本たちからの報告を待った。

午後一時五分。

日比谷方面の入口にいた西本から、電話が入った。

「今、柴田が、伊東美奈と一緒に、公園内に入りました。柴田の恰好は、予想された通り、茶髪の長髪で、ひげを生やしています」

「公園を、どっちに向っている？」

「心字池のほとりを、ゆっくり歩いています」

と、西本は、いう。

十津川は、日比谷公園の地図を見た。心字池は、日比谷方面の入口の傍にある池である。

今日の行事は、二時から始まる。柴田は、ゆっくり近づいて行く気なのだろう。

十津川は、全員を、松本楼に集合させた。

その間にも、柴田を尾行している西本からの電話は、続いている。

「今、花壇を抜けて、テニスコートに近づいています」

「伊東美奈に、ぴったり、くっついているのか？」

「そうです。テニスコートに来て、テニスを見ています。周囲の気配を、窺っているんだと思います」

十津川は、腰を上げた。

「柴田の逮捕に向うぞ」

と、亀井たちに、いった。

十津川は、携帯を耳に当てたまま、松本楼を出た。

「二人は、テニスコートを離れ、そちらに向っています」

と、西本が、いう。

「われわれが、二人の前に廻って、声をかける。柴田が、それに、気を取られている隙に、君は、背後から、何とかして、体当りしてでもいいから、柴田と、伊東美奈を引き離すんだ」

と、十津川は、いった。

若いカップルや、家族連れが、三々五々、休日の散策を楽しんでいる。

その人たちを、巻き添えにすることは、絶対に、避けなければならなかった。

「われわれで、柴田を、取り囲んでしまうぞ」

と、十津川は、亀井たちに、いった。

それで、果して、うまくいくかどうかはわからなかったが、他に方法は、なかった。

気温があがって、暑くなってきていた。

(暑いな)

ふと、十津川は、思った。

それに、太陽が、まぶしい。

前方から、柴田と、伊東美奈が、歩いてくるのが見えた。

何も知らなければ、普通のカップルに見える。

十津川たちと、相手の距離が、近づいて行く。

十津川たちが、止まる。

柴田の表情が、変るのが、見えた。

「柴田真介だな」

と、十津川が、声をかけた。

「殺人容疑で、逮捕する」

その瞬間、柴田の眼が、凶暴に光り、いきなり、拳銃の銃口を、横にいる伊東美奈に突きつけた。

「近づくと、こいつを殺すぞ!」

と、柴田が、叫ぶ。

十津川たちも、拳銃を抜き出していた。

十津川は、ちらりと、柴田の背後にいる西本に、眼をやった。

が、柴田が、機先を制するように、

「おれの背後《うしろ》にいる刑事、ちょっとでも動いたら、この女を殺すぞ!」

と、大声で、怒鳴った。

気付いていたのだ。

十津川たちと、柴田が、睨み合いになった。

「おれは——」

と、柴田が、大声で、いう。

「公会堂へ行って、おやじに会いたいだけだ。あんたとは関係ない。おれだけの問題なんだ!」

「駄目だ」

十津川が、いい返す。

「なぜ、駄目なんだ!」

また、柴田が、怒鳴る。

周囲にいた人々が、声にならない悲鳴をあげて、散っていった。

十津川は、そのことに、ほっとした。まず、関係のない市民を巻き添えにする怖れは、なくなったのだ。

「私は、君を射ちたくないんだ」

と、十津川は、声をかけた。

「おれは、平気で、こいつを殺すぞ。そこをどいてくれ！」

柴田が、銃口を、伊東美奈の頭に突きつけたまま、いう。

「君のことは調べた。君の気持も、よくわかっている。とにかく、話し合おう」

十津川は、拳銃を、ポケットにしまって、柴田に、語りかけた。

「話すことなんかない」

「そんなことはないだろう。君は、血に拘わってきた。その気持を、私に話して欲しい」

十津川は、必死に、話した。

「おれは、おやじに会いたいんだよ」

「その銃を捨てたら、私が、責任を持って、総監に、会わせる」

「嘘をつけ！　おれを逮捕するといったじゃないか！」

「もちろん逮捕する。その前に、総監に会わせる」

十津川は、本気だった。

柴田にも、その気持が伝わったのか、拳銃を持つ手が、ゆるんだように、感じられた。

「どうして、あんたが信じられるんだ？」

と、柴田が、きく。

「君は、伊東康次という人質を、とっているじゃないか」

と、十津川はいい、亀井たちにも、拳銃を、おさめさせた。

「私は、約束を守る人間だ。君が、拳銃を捨てたら、必ず、総監に会わせる。君だって、ただ一人の父親を殺すのは、真意じゃないだろう。それに、総監に会って、いろいろ、聞きたいことがあるんじゃないのか。殺してしまったら、何も聞けなくなるぞ」

「下っ端のあんたが、どうして、総監を動かせるんだ？　信用できない」

「これから、総監に電話をかけ、私が、説得する。そうしたら、信用してくれるか」

と、十津川はいい、携帯を取り出した。

公会堂にいる三上にかける。

「十津川です。総監がそこにいらっしゃったら、代って下さい」

「総監に何の用だ？」

「人命にかかわることです。とにかく、総監に代って下さい」

十津川が、いった時だった。

突然、銃声が、ひびいた。

「あッ」

と、柴田が叫んで、転倒した。

「畜生！　欺しやがったな！」

柴田が、叫びながら、銃口を、美奈に向ける。

日下が、彼女に、飛びついていった。

同時に、柴田の拳銃が、火を吹いた。

日下が、美奈と一緒に転がった。その太腿のあたりから、血が、噴出した。

また、銃声。

柴田が、呻き声をあげる。

更に、一発。それは、情け容赦のない銃声だった。

十津川は、銃声のした方向に、眼をやった。

松本楼の屋上に、黒い人影が、二つ、三つと見えた。

(狙撃班！)

と、直感した。

ライフルを持った狙撃班の人間が、配置されていたのだ。

彼等のライフルが、続けて、一発、二発と、火を吹く。

柴田の身体は、血まみれになっていた。

もう、彼の身体は、ぴくりとも動かなかった。

「もし、もし」

と、十津川の携帯で、声がしていた。

十津川は、くの字に折れ曲り、動かない柴田の身体に眼をやったまま、

「はい」

と、答えた。

「総監だがね、今、行事のことで忙しくて、電話にお出になれないんだ」

と、三上が、いう。

「もう結構です」

「何かあったのか？」

と、三上がきくのを無視して、十津川は、電話を切った。

亀井が、自分の携帯で、救急車を呼んでいる。

バラバラと、狙撃班の連中が、駈け寄ってきた。

「死んだか」

と、その中の一人が、柴田を、のぞき込む。

「死んでる。終った」

もう一人が、短く、いった。

（まだ終っていないぞ）

と、十津川は、呟いていた。

5

三上部長が、十津川に、いった。

「記者会見に、一緒に出てくれ」

「私は、何を喋ればいいんですか？」

「何を怒っているんだ？」

「別に、怒ってはいません。記者会見で、何を話されるのか、知りたいだけです」

と、十津川は、いった。

「決っている。事件のことを、記者たちは聞きたいだろうから、その件について、話す」

と、三上は、いった。

「どんな風に、話すんですか？」

「拳銃を持った犯人が、白昼、日比谷公園で拳銃を振り廻し、市民を殺そうとしたので、止むを得ず、射殺したと話す。他に、話しようはないだろう」

三上は、怒ったように、いった。

「それだけですか？」

「他に、何があるんだ」

「真実です」

「それが真実だろう。伊東美奈の話で、夫の伊東康次も助け出し、入院させた。重傷だが、命に別条はない」

「射殺された柴田真介のことを質問されたら、どうお答えになるんですか？」

「これまでに、八人の男女を殺した凶悪犯で、警察が、追っていた犯人だと説明する。それで、十分だろう」

と、三上は、いった。

「総監の息子だということは、伏せておくわけですね？」

「わざわざ、そこまでいう必要はないだろう。それが不満か？」

と、三上が、きく。

「日比谷公園でのことですが、柴田は、われわれの説得で、拳銃を捨て、父親である総監と話し合うことを、承諾しかけていたんです。そうすれば、彼を殺さずに、逮捕できた筈です」

と、十津川は、いった。

「それで、総監を電話口に出せと、いっていたのか？」

「そうです」

「しかし、そんなことをして、何になるんだ？　総監のスキャンダルを公けにするだけじゃないか。今、警察は、世間の批判の的になっているんだ。そんな時に、総監のスキャンダルを公けにして、何になるんだ？」

「それで、容赦なく射殺したわけですか？」

「万一に備えて、狙撃班を、手配しただけだよ。それが、役に立ったんだ」

「私たちが、柴田を射殺しないのを見越して、狙撃班を用意し、見つけ次第、射殺するように、命じておいたんですね」

「柴田は、今もいったように、八人の人間を殺した男なんだ。そんな凶悪犯に、何の遠慮がいるのかね？」

「われわれは、法律に従って、動くものでしょう。それは、部長も、日頃おっしゃっていたじゃありませんか。いかなる凶悪犯でも、まず、逮捕すると」

「しかし、相手が、拳銃を振り廻していたら、話は別だ」

「彼は、こちらの説得に応じようとしていたんです」

と、十津川は、いった。

三上の表情が、次第に険しくなっていった。

「つまり、君は、記者会見には、出たくないというんだな?」

「今のままでは、遠慮させて頂きたいと思います」

「勝手にしたまえ。ただし、命令違反での処分は、覚悟しておきたまえ」

と、三上は、厳しい表情で、いった。

記者会見には、三上と、狙撃班のリーダーが、出席した。

記者会見で発表されたことは、十津川が予想した通りのことだった。

今まで、八人の男女を、情け容赦なく殺害した柴田真介(三十三歳)は、今度は、拳銃を持って、白昼、日比谷公園に現われ、無差別に、市民を射殺しようとした。

警察は、すぐ狙撃班を出動させ、この凶悪犯人を射殺したが、これは、止むを得ない行動である。

なお、犯人の柴田真介は、熱海生れで、母親は芸者、父親は不明である。

血を見ると興奮するサディストで、四人の女を殺し、血文字で、犯行声明を残していた。

この連続殺人を、写真で追ったカメラマンの佐野恵一に怒り、去年の郡上八幡の祭りの日、佐野を、現地の女性と一緒に車に閉じ込めて、御母衣ダムに沈めた。更に、この女性の妹をも、殺している。

今日、柴田真介の死によって、これらの事件も解決した。

なお、女優の本橋やよいも、柴田に殺されたと考えられており、彼女を入れると、八人の男女が、彼によって、殺されていたことになる。

このことは、翌日の新聞が大きく取り上げ、テレビも報道した。

柴田真介が、佐野警視総監の実子であることは、どの新聞にものらなかったし、テレビのワイドショーも取りあげなかった。

それだけではない。

柴田が、伊東夫妻を誘拐したことも、十津川が、彼を説得したことも、ニュースには出て来なかった。

まるで、日比谷公園での出来ごとに、十津川たち八人の姿は、無かったように処理されたのである。

一枚の写真から、八人の刑事たちが、消されてしまった感じだった。

しかし、その代りのように、十津川は、処分されなかった。

更に、一ケ月後、佐野警視総監が、病気を理由に、任期の途中で、辞職した。

二〇〇三年九月　文春文庫刊

光文社文庫

長編推理小説
祭《まつ》りの果《は》て、郡《ぐ》上《じょう》八《はち》幡《まん》
著　者　西《にし》村《むら》京《きょう》太《た》郎《ろう》

2015年8月20日　初版1刷発行

発行者　鈴木広和
印　刷　慶昌堂印刷
製　本　ナショナル製本

発行所　株式会社　光文社
〒112-8011　東京都文京区音羽1-16-6
電話（03）5395-8149　編集部
8116　書籍販売部
8125　業務部

ISBN978-4-334-76959-8　Printed in Japan

組版　萩原印刷

お願い　光文社文庫をお読みになって、いかがでございましたか。「読後の感想」を編集部あてに、ぜひお送りください。
このほか光文社文庫では、どんな本をお読みになりましたか。これから、どういう本をご希望ですか。どの本も、誤植がないようつとめていますが、もしお気づきの点がございましたら、お教えください。ご職業、ご年齢などもお書きそえいただければ幸いです。当社の規定により本来の目的以外に使用せず、大切に扱わせていただきます。

光文社文庫編集部